祖国诗篇

张学梦
郁葱 ◎ 著

1949 —— 2019

花山文艺出版社

图书在版编目（CIP）数据

祖国诗篇 / 张学梦，郁葱著.—石家庄 ： 花山
文艺出版社，2019.8
　ISBN 978-7-5511-4759-0

　Ⅰ.①祖… Ⅱ.①张… ②郁… Ⅲ.①组诗－诗
集－中国－当代 Ⅳ.①I227
　中国版本图书馆CIP数据核字(2019)第131071号

书　　名：**祖国诗篇**

著　　者：张学梦　郁　葱

责任编辑：张采鑫　申　强

责任校对：李　鸥

装帧设计：陈　淼

美术编辑：胡彤亮

出版发行：花山文艺出版社（邮政编码：050061）

　　　　　（河北省石家庄市友谊北大街330号）

销售热线：0311-88643221/29/31/32/26

传　　真：0311-88643225

印　　刷：石家庄众旺彩印有限公司

经　　销：新华书店

开　　本：700×1000　1/16

印　　张：28.25

字　　数：250千字

版　　次：2019年8月第1版

　　　　　2019年8月第1次印刷

书　　号：ISBN 978-7-5511-4759-0

定　　价：98.00元

谨 以 此 书

献给中华人民共和国成立 70 周年

人、人们与祖国

——《祖国诗篇》序言

□ 张学梦　郁　葱

　　我们始终认为，祖国是一个神圣的让人心动的概念，她属于人的灵魂的那一部分。在这部诗集里，我们在展示诗人眼中的人、人们和祖国——草坪与博物馆，事件与器物，色彩缤纷的民族生存形态，山、河、草木，文化遗存与创造，现实与恒久，历史与当下，以及每个人体味到的这个国度带来的温情……

　　祖国的诗意是普遍的，爱是普遍的。我们试图表达一切永恒元素和短暂现象：阳光镀亮的一粒沙、少女的一个微笑、伟大人民、寻常自己、具象与抽象……蕴含激情或者沉重的诗句覆被在凌晨和黄昏，亲情、感情、悲情、温情，无须创造，只要采撷，俯拾即是。而所有的乐章，不是一般意义上的简单歌唱，这些宏大与温润、交响诗与小夜曲，只要一阵轻风吹来，就会轻轻地碰触到我们的动情点……

　　这种情感不需要前提和解释，生于斯长于斯，是诗人的基因，是诗人抒情的缘由。这是自然的，是诗人们从胎中带来的情结。我们表达的大爱、至爱、博爱与生俱来，并且在深厚的现实之远。

　　在我们取得共识的诗歌精神中，祖国是一个照耀性的高度。在我们近似高峰体验的眷恋的那一刻，她覆盖了我们关于人类福祉的宏大叙事和关于生命个体的私密话语，为我们散漫的心灵飞翔和起落确定了原点。

　　祖国不是一种选择，而是一种宿命，祖国与我们一生一世地维系，

这里的人、人们和祖国是任何诗歌纪念碑的基座……

基于此，我们写下了《祖国诗篇》。这是两位中国诗人对祖国归属感的申明、确认与强调，在我们感受的温暖、甜美、痛楚、深邃、感性和理性等诸多情绪中，我们完成了两位中国诗人史诗般的创作经历及其文字。

感谢花山文艺出版社，感谢社长张采鑫先生、总编辑郝建国先生，他们杰出的出版理念为这部作品的问世提供了可能。感谢这部作品的责任编辑申强、责任校对李鸥、装帧设计陈淼，他们为《祖国诗篇》的出版付出的细节性工作一直使我们感动。

是为序。

2019 年 6 月 30 日

目　录

CONTENTS

祖国·鸽子

总会想起广场，想起天空，
想起舒缓，想起宁静，
想起两片轻羽对话的语言，
想起一枚叶子随意的飘动。

总会想起一本旧杂志，
一张老照片。
想起星星：孤寂、安详而光明。
总会想起一些很美好的汉字，
比如梦、晴朗、公正，
比如神圣、爱、和平。
总会想起一滴雨，想起少女，
想起一封平信，
总会想起一枚被孩子
折断的弹弓。

总会想起一种黯淡，
想起一种生动。
想起出站口，想起站台票，
想起儿时的一道算术
——简单而又纯明。

总会想起一种比喻，一个象征，
总会想起面对圣洁的相同或不同。
总会想起一张印有诗歌的报纸，
想起雪花，
——想起它塑造自身时的
那份从容。

总会想起一种对视、一种对话，
想起一片狭小的草坪。
想起沙漠，想起雾，
想起一种充满幻想的
辉煌的诞生！

总与那清纯的鸽子相遇，
天亮时，它飞翔在
哪片天空？

祖国·我的第一首献诗总是这样

祖国　我喜欢　用迎春花瓣

为你的庆典　写春雷式的诗篇

在我看来　不管发生哪些激动人心的事件

都铺陈在两个节日的区间

纪念碑像结论那样耸立着

唯有哲学适宜谈论荆棘与忧患

我的献诗　奔跑在欢乐的大道上

像群穿着少女红裙子的寓言

而那些沉重的礼物　在后边

重型卡车满载着祝福和夙愿

轰隆隆　为你生长着的丰碑运来花岗岩

祖国　我的第一首献诗总是这样的

首先激情撞击肋骨　像群狮子撞击栅栏

然后及时怒放的心花　编织成让人动情的花环

祖国·收割机轧轧地作业在麦田

祖国，已过小满，从南到北又开镰
一望无边，金色的麦穗沉甸甸
农机手专注地盯着麦垄
红翅子的土蚂蚱惊恐地飞旋

往昔，这是缪斯的节日
天使们可不会错过这一年一度的狂欢
他们在地头上纵情说笑
啃着香喷喷的面饼，抢着水罐

还有许多熟悉或生疏的面孔
他们是我们久远或近代的已逝的祖先
他们从天国匆匆赶来
那丰硕那饱满是他们的悬念

哦，这是多么鲜亮的场面
收割机轧轧地作业在麦田
天上圣灵和地下祖先都欢聚在沙沙响的金黄中
姗姗走来的少妇，穿着花衬衫……

永恒的时光永恒

嬗变的往事嬗变

祖国，你知道，

那一棵棵麦子，便是箴言

祖国·在你的沙漠我是一棵沙蓬

祖国，在你的沙漠中
我是一棵沙棘或沙蓬
我将固守一片沙丘
对细雨和风的别处无动于衷

忠诚于这份追随
忠诚于这份约定
安然面对旷古寂寥
安然面对骤起的幻影，炎热与霜冻

与你共同渲染一种美丽
与你共同合成一种风景
与你共同诠释一种境界
与你共同核实一种幻梦

由于深深的依赖
我拥有本属于你的深度
由于深深的热爱
我拥有本属于你的韧性

祖国，我是你沙漠中一棵沙棘或沙蓬

这份因缘超越任何自私的权衡
在并非由我们主观支配的世界里
若此有则彼有，若此生则彼生

祖国·你这风情摇曳的大地

祖国，你这风情摇曳的大地，
春华秋实，无边风月，
一种什么样的力量在心中澎湃蕴积，
人们生儿育女，繁衍生息。

春天似先贤先哲驰骋的舞台，
春天似五千年群雄逐鹿，王朝更替，
其实百姓女子的千娇百媚，男子的万般柔情，
才是古国跌宕故事的缠绵演绎。

浅唱低吟，诗词戏曲，
即使哀艳、伤感和凄美，也是盎然活力，
多情的国度，千古风流，
由那永世不变、绵绵不绝的情爱奠基。

祖国，你这风情摇曳的大地
深蕴着怎样生生不已的玄机和节律？
四时行焉，百物生焉，如此的繁茂谁人赋予？
莫非你拥有神圣力量的怂恿和参与？

祖国·我热爱

我热爱。
我一直想说，我热爱。
热爱是一种本能，
所以，我热爱。

热爱。用心。
要爱心，爱自己的心和别人的心，
心与血液相通与骨头相通，
心与脚底相通，脚底与大地相通，
心与大脑相通，而大脑与神灵相通。

热爱宏阔缥缈也热爱人间烟火，
热爱河，河能包容水，
热爱树，树的命运与人的命运几乎等同。
热爱生长热爱腐朽热爱晴天和虫子，
它们都关联人的生存以及精神。

热爱敏锐也热爱迟钝，热爱年少与老，
热爱所有的笑靥和泪水，
热爱甜和痛，热爱丰厚也热爱孤单，
丰厚让人饱满，孤单让人沧桑。

热爱自己的品质和身体，
对自己有足够的认同，
把自己的身体和心灵放在这个世界上，
就必然会经历那么多的纠葛和纠缠。
也要妥协，说到底，世态炎凉、恶、不义、虚奸等等，
都是生活的一部分。

热爱草香，
其实一切都应该干净和纯正，
但我们总要面对生活的多样性，
面对那些欠缺人的味道的现实，
纠结在一起，就是那个世界，
——那个多解的繁杂的世界。
然而，还是要热爱。

我热爱，许多人也都热爱，
你闭上眼睛静静地想，
就会觉得，好多人都爱着你。

我热爱。
天下之大，之远，
足够我，热爱！

祖国·采信希望

我对存在满怀希望，我要歌唱，
即使悲观的宇宙学预言时空终极的消亡。
我对文明满怀希望，我将歌唱，
即使这个吊诡的世界笼罩着虚无主义的苍茫。

在当代意识应有的高度，
缪斯把崭新的诗歌精神注入我的血浆。
一棵银杏，蓬勃着地球村的原野，
一只杜鹃，啁啾着地球村的春光。

这是新一轮孕育，还是新一轮解放？
白花红花簇拥着同一颗太阳。
眷恋离去的，迎接到来的，
生活任凭我们欢愉或惆怅。

为了演奏一支乐曲，我在冶炼青铜。
不论抓住了真髓，抑或蒙蔽于表象。
我发现候鸟衔来的彩色信札，
沾满远方的鸟语花香……

我的诗歌不迷惘，我要歌唱，

我将把未来一百亿年的存在演绎得精彩辉煌。
我的诗歌不迷惘，我要歌唱，
歌唱这飘忽不定的现象世界的宽阔与高尚。

我对人类心灵满怀希望，我要歌唱，
我内心的灵感不会凋零于物质主义的疯狂，
我闻到了新胚芽的混沌香气，
在谈论地平线那边的情景时，我采信希望。

祖国·风吹着杨树哗哗响

风吹着杨树哗哗响
这使午后的寂静陡然升腾或沉降
永恒的事物总是那么均匀和光滑
祖国，只有你理解我此刻深度的惆怅

脱离现实是危险的
弯转时间的箭头
旧日的阴郁令人窒息
祖国，只有你懂得我为何深度地感伤

工艺品一样的女孩们掠过我
这加重了一片秋叶的成色和分量
她们没有理由地摇曳，没有理由地芬芳
祖国，只有你领会那突然袭来的深度的凄凉

这喧嚣寂静的尘世，人来人往
入秋的核桃树林疏朗金黄
这丰腴的田野呀，这蓬勃的城市村庄
祖国，只有你会原谅我努力抵御的深度的颓唐

我暗暗畏惧着常识，畏惧着真理

这使生活的每一天愈加美好健康
在那惆怅感伤凄凉颓唐的深度里
祖国，只有你明白我内心燃烧着什么样的祈望

祖国·多年前，我造访过鄂温克人村庄

祖国，多年前，我造访过鄂温克人村庄
莽莽苍苍大森林，那水啊那绿啊
那有着自然香气的桦皮船
像片水曲柳叶子漂在湍流上

飘然而至的温婉少女
帮我们穿上鄂温克族服装
在河边，留下一幅照片
当时缪斯附身，我们顷刻心驰神荡

羡慕鄂温克人自在的生活
质朴无华，与自然的神灵们手牵着手
太阳升起，我走进森林寻找狍子们的踪迹
并且，装模作样，背着护林的猎枪

这是当时的神情恍惚
因为懂事的鄂温克少女正把她们的歌谣哼唱
而现在我觉得：对于生活的滋味而言
历史的车轮转得快点慢点都一样

唉，如今，那片白桦树是否依然茂盛

如今，哪儿还有那种原汁原味的酒浆

我穿鄂温克服装的样子虽然发傻

可直至今日，鄂温克人的气息，还附着在身上

祖国，我当时想游遍你的山山水水

把你所有的儿女们依次造访

就如同我今日提起鄂温克的林中花朵

仍想把所有花朵，都写进轻吟你的诗章……

祖国·我一直感念上苍

祖国，我一直感念上苍的给出：
这辽阔的地方，这悠久的国度，
使我一来到世界，
就有了归属。

感念这皮肤，
这浩瀚的种族，
给我的性格与思维，
一个尽情演绎的基础。

犹如欧洲白人于他们的家园，
犹如非洲黑人于他们的热土，
我为自己的家和亲人，
一直暗暗喜悦和牵肠挂肚。

祖国，我一直感念上苍垂爱：
给我祭祀的炎黄先祖，
并把我抛进现在时，
经历这片土地沉实的重铸……

祖国·早晨的阳光

早晨的阳光是一群孩子
他们悄悄挤进你的房间
没有声响

那么多孩子和你耳语
告诉你他们的一些想象
那些语言充满了色彩
穿过一片树丛，走向广场

在早晨，在芊芊青草的目光里
没有声响的阳光
大声歌唱！

祖国·龙盘绕着我的图腾柱

祖国，我的图腾柱无限大无限小，
我的部落，虚无而且缥缈。
我在个体隐喻空间的中央，
不断雕凿。

一个石斧，一片竹简，一只陶罐，
鲁莽的理论思维的符号。
它们重叠，组合，混淆，
只有禁忌，无着无落。

祖国，我的图腾柱自相矛盾，无法完成，
我镌刻了许多，连我自己都无法解释的线条。
但有一点很清晰——
总有一只鸽子栖息于天使的睫毛。

而重要的，恰如宿命，
不论我雕凿了什么，祖国，我知道
所有图形都刻镂在一条龙的鳞片上，
或者，我的图腾柱总有一条龙盘绕……

祖国·黄河

1

黄河，让我在你的北岸述说你。

一个季节过后，另一个季节
便开始了它的旅程。

我们的理智，
是航道上被阻塞的船，
时间是割裂恒久的，
漠然的锯子，
一页岁月的帆，
成为注入所有瞬间的灿烂想象。

遥远是我们刻意制造的，
如同我们制造的轻浮与神圣，
如同灰蒙蒙的直觉和浅显的落日，
如同那架通向情感的，
抽象的梯子。

哦，无语的河流。

2

这是夏日的一刻，
迭起的水面透视出过去时日淡淡的缩影。
当河流用它的语言世界
平缓地叙述往事时，
我们便懂得：世界只是一种形式，
瞬间的感受也是一种形式，
而且很难说，
哪种形式更接近博大。
在我们的诗句中，
记忆的深井，
与存在边缘的柔情，
在命运的上游默默走行。

生存拖着最后的重量，
生存投下完整的影子，
我们把所有经历过的容纳进现实，
让所有开启的和未曾开启的思路，
都成为生动。

哦，无语的河流。

3

再不能说这无声的流动是什么或不是什么，
我们摆脱全部理智和深刻，
是为了证明我们接受了一些日子。

这些日子的存在仅仅因为

一缕散淡的阳光，

或一枚坠地的枯羽，

或是我们所仰望的，

充满激情的灯盏。

一些真实的城市，

和一道虚幻的河流，

都在默默承受你舒缓的韵律，

如同我们共同体验过的，

平和、恬淡、简约的诗意。

哦，无语的河流。

4

在寂静中呼唤一道河流的名字，

容纳你的喧嚣，

容纳你的持重。

把你当作唯一，

——唯一与温情相接的血液，

把你当作一切，

——一切与生存相溶的远梦。

把我们的情感当作创造，

——创造混沌也创造纯明。

那被称之为向往的东西，

仅仅是雾雨滴落时平静的音响，

生存如果不是一种平静，

还会是什么？

是我们面前那些陈旧生命的，
蔓延和骚动吗？

哦，无语的河流。

5

黄河。你覆盖了全部形式，
也覆盖了自身，
于是，我们不再把浪漫当成浪漫，
也不再把理性看成理性。
当情感被人们引申出无数思想时，
你只单纯地与世人对视，然后
背对所有繁复，从我们的视野里悄然离去，
你有没有发现，
这个世界的倾诉、感受和语言，
都仅仅是一种残缺？
而只有时光的那滴水，
把自己引申为残缺的完整！

在那道河流的尽头，
是那颗可以触摸和可以理解的太阳，
这个瞬间，
连沉默都成为它怆然的
恢弘的语言，
都成为与我们相互关联的，
所有的永恒。

哦，无语的河流。

祖国·黄河之二

1

黄河，让我在你的北岸感受你。

就这样终生淌着，
无此岸亦无彼岸。
无岸之河，
——无穷无尽的生命之源。

就这样恒久地淌着，
无岸之河。
我们曾因压抑，
而证明我们人格的不朽，
并试图把这种不朽，
命名为高尚。

我们自己承受自己，
无休止地创造箴言，
无休止地深刻意象，
无休止地在混沌中，
呼唤自己的名字，

在一种惯性推动下，
匆匆走向幸运或者不幸。
我们曾用所有理由，
承认悲剧的合理，
而我们竟找不到一个理由，
证明这种结局的，
悲怆。

2

一种存在不可能是另一种存在，
但一种想象，
可以是另一种想象。
无岸之河，
生命最自由的原动，
给一个枯竭了的灵魂，
延续欲望。
每一个圣城之夜，
都有一阵疯狂的雨，
都有对活着对死去的，
同一种渴望。

无岸之河，无岸之河啊。
假如理智可能堵塞什么，
那就让它去堵塞吧！
结局的最终便是生存的最终，
我们心地坦然地沉溺，
即使仅仅是为了，
某一瞬间的辉煌。

无岸之河。
使我们生生死死的，
欲望之河啊……

祖国·几个家庭妇女在割草

几个家庭妇女在割草
轻柔的晨光镀亮她们的背影和蜂腰
所有的温润都散落下来
她们简直就像一堆白磷在燃烧
只是绿火苗

谁的一句暧昧的笑话引起了
毫无顾忌的尖叫和朗笑
而此刻，那些深奥的哲学正昏睡或者假寐
诗歌也在愁恼
这来自女性脏腑的震颤
无意间，把它们惊扰

乳汁的酸味和青草的香味
混合成了生命的味道
那灵性在广袤的宇宙多么稀缺
连几十公里外的山石
都闻之心跳

她们难以扼制的生命力
像雨季涨满的池塘

疯狂繁衍着蝌蚪和水藻
似乎只要再下一场夜雨
就会漫过束缚的律条

这是一个怎样的场景，她们不在意
这是一个怎样的事件，她们不知晓
濡湿了裤腿，叮上了蠓虫
发生在早晨的简单情景
反而使深思变得浅薄和无聊

几个家庭妇女在割草
她们喋喋不休
胸腔灌满清晨的空气和彼此的气味
她们只是无缘无故地快乐和有趣
她们可不想证明存在是多么的美好
她们五个，或六个
其中的一个像桃树，浑身挂满了桃子
另一个自身就像浅草
又轻盈，又窈窕……

祖国·建安时代

建安是一个时代，
一个志深笔长、雅好慷慨、
寂凉幽怨、宏博浩大的时代，
那个时代，把赵地深处的热度，
浸染至今。

那个时代有尘嚣的悲情，
那个时代有鼓磬的大气，
挥泪咏叹，洒血而歌，
古直悲怆，柔娟婉约，
那个时代不缺少狂放也不缺少情愫，
刚硬与凄美造就了一世风骨。

铜雀台几载春深，
金凤台六龙盘结，
冰井台风祇自高。①
"怊怅述情，必始乎风；
沉吟铺辞，莫先于骨。"②

---

① 铜雀台、金凤台、冰井台谓之"邺城三台"，建安十五年（210）至建安十九年（214）曹操等所建。

② 语出自南北朝刘勰的《文心雕龙·风骨》。

那个时代人有骨架文有骨架，
如沧浪之水，如傲然树骸，
情韵含风，结言端直，
成为一个时代的人气与骨气。

那时对酒当歌，慨当以慷，
群燕辞归，寒雁南翔，
白日山半，桑梓余晖，
终岁端正，惨凄冰霜。①
古邺城于今安在？
漳河水依旧逶迤。

一个时代有一个时代的气度和气象，
一个时代有一个时代的风范和风情，
大鼎大道，锁烟凝墨，
青铜沉世，骨气高达。
天行有常，不为尧存、不为桀亡，
而镌刻的文字永在，
墨写的文字永在，
就是没有留下痕迹，
留在人心里的文字，也永在。

建安，一个时代的风骨，
造就了燕赵的文韵和神韵！
枝附影从，风衰俗怨，
往日云霓，已成青烟。

---

① 源于曹操、曹丕、王粲、刘桢诗句。

2018 年初夏的黄昏，我在丛台之上，
叹一冬一夏，恍如风过，
人未曾几世，岁月竟暮年。

祖国·这条古道已经存在数千年

祖国，这条古道已经存在数千年
辙迹深深，陷进了山岩
甚至留有轮毂的擦痕
铺路的石板，几经更换

我们在古道上漫步
前人的脚印，清晰可见
笼罩着一层薄雾的寂静
沉厚得使人们缄默不言

因此我能听见辙迹渗出的嘎嘎轮声
马的嘶叫，车夫的抱怨
还有亘古不变的轻佻的玩笑
以及传递公文的驿骑的气喘……

随后历朝历代的人们陆续走来
络绎不绝，接踵擦肩
他们谈论着战事、经济、风月和逸闻
三教九流，最威风凛凛的是官员……

前边有希望，后边有逼迫

人们风雨兼程，兴致盎然
而且，他们走着走着就变成了我们
换了鞋子，换了服装，只有那道路未曾改变

祖国，这条古道已经存在数千年
也许真如朋友所言，这里轧过皇帝的龙辇
如今扁豆挂满坡下的菜园
我内心看重的，是你那蓬蓬勃勃的悠远……

祖国·呼伦湖

对呼伦湖的感触

我一直未敢吐露

我怕说破一种神奇

附身的魔力，就会解除

达赉诺尔清澈得像液态的水晶

而美妙并非仅在湛蓝的深处

我搅水的手，一直能写出明朗的诗歌

我浸湿的脚，一直有幸绕过荆棘的道路

特别是在铺满鹅卵石的岸边

我发现了仙子丢给我的礼物

一粒淡红的"蔷薇石英"

蕴含着她好意的叮嘱——

要让丰美的气息

充盈肺腑，记住辽阔、安谧和起伏

记住从湖面吹来的风

需要时，能把一颗躁动的心安抚

啊，朋友，现在我愿说出我的猜想

粼粼的达赉湖① 会有仙子居住

而且，她是如此的善解人意

会为不同的造访者备下不同的礼物

---

① 达赉诺尔、达赉湖皆为蒙古语"呼伦湖"的名称。

祖国·梦想

如果我们把岁月的光芒，
称之为梦想，
那么，在我们缓慢的书写中，
便会涌起许多渴望。
我们的记忆执着而遥远，
梦想，总被我们称之为
久远的向往。

在浅浅的温情中进入梦想，
进入我们淡然而宁静的叙述，
进入那些单纯而圣洁的词组，
以及我们心中
童稚和原始的气息。

在梦想的世界中，
我们学会为赞美而思想，
或为尘埃而思想。
天空博大而深远，
我们的梦想成为其中的语言或箴言。

梦想。

一个人沉思着凝视一条河流，
凝视着自然中无数被切割的辉煌。
那波光中，似乎闪烁着真理，
闪烁一粒眼睛，
闪烁一颗构思之外的太阳。

在那些幸福的早晨，
我们把自己的经历理解成寓言，
梦想种子，梦想翻动的书页，
梦想一种诗意，
梦想语言和语言的翅膀。
如果说，梦想能够接近真实，
那么这种真实，
其实仅仅是我们所凝视的，
太阳的景象。

我们徘徊在童年的原野，
那是我们边缘生命的归宿，
是我们生命最终的深井，
是我们沉思或感叹时
最单纯的渴望。

梦想。
我们用躯体描述着大地和天空，
我们的梦想，
有时仅仅是草的梦想、枝叶的梦想。

让我们进入叙述过我们真情的
梦想的世界，

在我们的天空中，
开启朴素生命的所有真实，
开启我们的诗意、我们的尊严，
以及我们为尊严而存在的
圣洁与高尚！

祖国·北方的三月

祖国，在北纬四十度
只有春天最短促
可在所有季节里
春天的内容最丰富

光秃秃的田野，朦胧泛绿
青草刚刚滋芽，已有蝴蝶飞舞
当第一批苦菜花绽放
候鸟们就匆匆赶来祝福

那些渐次飞来的候鸟
天生就懂得，哪儿是温暖的去处
它们钟情哪个地方
那个地方就温情遍布

祖国，在北纬四十度
三月开始实施酝酿一冬的企图
生机盎然的音调亘古不变
但年年都有更新了的音符

春天短促，春天丰富

春天涨满焦急的事物
留鸟候鸟齐鸣，匆匆拖着三月
向奔放的夏日过渡……

祖国·和平

让我们写下一个名字
这是一个人的名字
一片土地的名字
这是雨滴和阳光共有的名字
——和平

这个名字是萤火的一点光亮
这个名字是草叶的一丝颤动
是沉默的绿意
是浅浅的虫鸣
是我们哲思和想象的羽毛
是一滴泪，落在梦中的草坪

常常站在广场
想世界其实仅仅是在孩子们的怀抱
他应该很真纯，很童稚
有很小的年龄
他发出的声音，比我们写的诗含蓄
他会告诉你
手中的气球，和面前的博物馆
重量等同

这便是我们所说的那个名字
田野里的麦菽，总是多几分从容
它们随意晃动，发出沙沙的声响
几片羽翅，不知带走的
是浅薄还是深刻的鸟鸣

有时河流总用语言表述自身
路上没有了车辙
不知是否还会有古朴的纯净
我们有时会忘记一个匆匆的季节
万家灯火在我们心中只亮着一盏
而仅有的这一盏
便足以点亮，我们的终生

在我们的感受里
所有声音都是朋友的声音
有时我们面对一道路轨
轻轻呼唤一个乳名
有些语言，是我们相同的语言
比如诗，比如音乐
比如我们相互凝视的眼睛
有些色彩那么相近
有些经历那么雷同
有时你的感受是许多人共同的感受
有时，我们为同一段遥远的故事
怦然心动

这种感受多么好啊

——有时落雪，有时解冻
有时季节悄悄说：早晨了，醒醒
有时我们听到的
是另一个城市传来的鸡鸣

在一个名字的涵盖下
我们真实而平静
我们享受着水、空气、感情
所有的母亲，都陶醉于孩子们
长大的身影
草真的很绿，有时，草也在黄
时间默默和我们散步
在地球这个村庄里
寻找自己的父兄
我想说，这个日子多好啊
像我们仰望的星辰
像我们的信仰、我们的注视
我们随意哼出的一阵歌声

让我们写下一个名字
——和平
我听到唯一的声音，便是这个名字！
真的，和平是这个世界最小的孩子
孩子们在笑
那个名字，是他们与世界的对话
是我们所能感受的
最为纯正的黎明

祖国·有感于中国数学家最终解决庞加莱猜想

他们说：数字是诗歌的最高境界

因此，我十分惧怕数学

但我坦白，我有一个特殊的神往

犹如乡下的樵夫

远眺未嫁公主的宫阙

这科学皇冠上的明珠

折射着天主的光烨

它无形的本质

是诗歌无法展开的笑靥

数是万物之本，数是宇宙本源

所有天机，都在数里藏掖

那些纯粹的符号、公式和方程

仿佛天国的音乐

我敬畏那些数学家的名字

他们是我的一个化不开的情结

他们那不可思议的思维之光

把诗歌的华彩远远超越

我知道敬畏的背后是拜谒

他们说，数学是知识的核心与中枢
他们说，诗歌是心灵的新叶与落叶
我同意：诗歌不是解
也许，那玄虚的哥德巴赫猜想庞加莱猜想……
才真正关涉着我们的世界

祖国·我发现窗外的鸟多了起来

它们弹奏着晨曦，它们鸣啭着晨曲
仿佛农耕时代的记忆
祖国，我发现窗外的鸟雀多了起来
在工业文明的中心，在城市，在水泥的缝隙

俨然从混凝土气孔滋生
俨然在钢铁的晶格孕育
看来，这些聪明的小生灵
一定是把巢筑在了人们的观念里

我的灵感来临之前静静地躺着
祖国，我悟到了来自冲突和纠葛的诗意
在一己之外的宏大叙事中
那些快乐的鸟雀捎来潜文化的讯息

窗外，梧桐和臭椿诠释着风的不同走向
麻雀和柳莺呢喃着天籁的不同言语
在工业的中心，在城市，在征服者的城堡
祖国，它们的叽叽喳喳，令我心弦战栗

一定有许多开关，像淫巧的仪器

左旋或右旋，世界迥然相异
有时负相关可以转化为正相关
有时成反比可以转化为成正比

祖国，我发现窗外的鸟多了起来
这使我感受到形而上的惬意
如果一定要牵扯上诗歌：那么诗歌是核果
祖国，看来对立的东西可能互相湮灭，也可能和谐归一

祖国·京广线穿过石家庄

我一直在自己居住的这座城市，
寻找着想要的东西，
比如清馨，比如温暖，
比如明亮和爱，
比如夜晚的幽暗和寂静。

深夜，听到京广线上，
一列火车穿过，
我知道，有一些人，
路过这个城市的时候，
就一定会想起我。

有些温润，有些深沉，
有些晦涩，有些纯洁。
那么多的植物，
那么多的草、树和花，
那么多的好表情、好梦、好人。

那些明丽的眼神黯淡的眼神，
——整个城市，差不多都能听到列车远去的安然。
想到这个城市的名字多甜呀，

一些记忆就是这样留下的，
一些深入和一些松弛就是这样留下的，
京广线上，那么多的窗口，
带走了石家庄的温和与空气。

这个城市的植物都长出芽来，
会是怎样的活力，
这个时候我就想，
无论我自己有多么平庸，
这个城市里，总是会有非凡的人。

有这些好感觉时，
就更愿意看着身边的孩子们，
看着他们的快乐和他们的激情，
看着他们的幼小和他们的幸福，
看着窗外偶然的一丝，
青叶摇动。

真的不想再承受什么变故，
我越来越想干净、纯净、安静。
越来越想体味我的城市的暖意，
越来越想回忆，
想在傍晚的站台，
去送一个人，或者去接一个人。

还没有老，就已经那么平静，
还没有展开，就那么悄悄地，
闭合。

一个感性的，

可以对话的城市，

我听着她想着她，远梦弥漫。

祖国·摇篮
——写在中国文化遗产日

这一片土地上的儿女，际会因缘
我们的临盆，都是庆典
编钟的乐声依旧隆鸣
半坡村汲水女孩的陶罐就搁在身边

这股伟大的传统文化之流
裹挟着一个民族的生存热情和独特理念
把千秋万代智慧的精华
传输给今天以及明天

本质的东西永远苍翠
遗存的存在亦不黯淡
历史不能摧毁的，时间就来助长
曾经突然的发生其实也是必然

不论万里长城抑或一枚小小玉环
都是我们必将反复回顾的起点
那时我们骄傲地证明我们的灵魂
有着永久栖息的精神家园……

祖国·我对乐山大佛印象深深

多年前，小雨淅沥的一天
那时，我对人世的理解更轻浅
那时我怀着摄氏三千度的热情
蓦然面对乐山大佛的寂静无言

自以为是的诗人桂冠害了我
使我没有足够的定力接近禅
不时茫然望着长江的滚滚奔流
和大佛那彻悟圣谛究竟圆满的涅槃

一次短暂驻足，匆匆游览
怎可能读出大佛眼中佛陀的答案
那时，我对人生的这一场苦聚
还十分好奇，并暗暗去渴求经验

噢，对悟界彼岸的追求
对迷界此岸的贪恋
所有热爱诗歌的人，都难免徘徊在两者之间
就像那天，蒙蒙细雨中，我的左顾右盼

祖国哟，我对乐山大佛印象深深

为有菩提树丰富你宗教文化的林园

而多年来，我那矛盾的状态，一直未改变

依然是有几种力，从几个方向，把我牵连……

祖国·我爱着你

我深深地爱着你，
你赋予我的血肉之躯以灵魂，
还在胚中鳃裂发生前，
你就在我的生命本体中刻下甲骨文。

我深深地爱着你，
你给我的启蒙灌注了博大的精神，
你给予我的人生以质量，
核堆一样提供能源的，是那斑驳的青铜器皿。

我深深地爱着你，
你给我心灵以不尽的意蕴与温存，
即使在世上，我像柳絮浮云漂泊不定，
可你的怀抱，永远是牵系的根。

我深深地爱着你，
你是我这一生的寄托与庇荫。
特别是最后时刻，唯有你不会追问罪错，
悄悄然，为我打开宽容和温热之门……

祖国·我热爱之二

我热爱，热爱是我的本能，
热爱空气和草坪，
热爱花朵、树木和它们的色彩。

见到孩子，我爱走过去说话，
热爱耳朵和手指，
我用他们触碰世界。
热爱唱歌的嗓音，
爱一群鸟，在早晨啄食。

爱衰草，衰草蓬勃的时候，
大树未必能比得了它的绿意。
爱残花，残花不炫耀，
该开该败，皆为自然。
爱阳光，阳光可以在脚下，
也可以在头顶，
头顶和脚下，它们的暖意没有什么不同。

寒暑对我是相等的，
别怪我浅薄，
人总要在心里等待一些什么。

岁末了，落了一场雪，
一些枝条仍然在大雪里发芽，
它们不是不知道季节，
而是性格中有足够的内蕴抵御寒冷。

热爱我的眼睛，
让我能看到博大的天空和微小的虫子，
我的眼睛不看污浊，
不看低下，不看飞扬跋扈，
不看权贵的眉飞色舞，
尘世的良善才是我眼中的晶体，
至于那些箴言，什么也不是！

我说了，我爱幼小，爱孩子，
他们的声音含混不清，
却是最清晰的语言。
成人们的嘈杂，他们视而不见，
他们是这个世界剩余的光亮。
听不懂他们在说些什么，
但是，我热爱，
爱着这个世界，
哪怕微不足道的善意。

天地高远，
而我，一直热爱！

祖国·华北平原

人稠物穰，山川形胜，
大天大地，万物幽通，
北抵燕山，西倚太行，
风范大都，岁月长城。
这辽阔的大平原长天一色，
黄帝炎帝，黎民百姓，
悲歌慷慨，风劲雨浓。

华北平原，朴素的青草澄澈的淡月，
燕雀与布谷默契的和声。
春意泛绿，秋色如黛，
黄土沃野，青山厚重，
那平原上清晨最早的唤醒，
竟然是不远处的村庄里，
一声辽远悠长的鸡鸣。

我喜欢华北平原的秋天，
有高洁感性的八月九月十月，
有自然的丰盈与澄明。
平原的人，坦荡、和雅、清澈、知性，
日光之下，有智慧和照耀，

今日之晨，亦如昨日，
冷暖阅尽，苦乐无穷。

炊烟一飘十里，
麦香浸染九重，
沃野倜傥，轮回万年，
分明四季，风淡雪重，
远山叠嶂如洗，平川金色渐浓，
总愿看着这阔大的天地，
它们是平原的声音、神经、色彩，
是情致和气韵，是从容与恢弘。

华北平原，造就柔婉也造就刚硬，
展开叙事也展开抒情。
晴天，我们感受普照，
雨夜，我们回味澄明。
红砖青瓦，长路短桥，
花韵余香，枝缠青藤。
在这里繁衍，平原就有了血脉，
在这里爱恋，黄土就有了生命。

一代一代，酸甜苦辣，
一岁一岁，且走且行。
有时遇见夜，但大地有光，
有时也逢难，但心里有灯。
我知道那些灯光也许与我无关，
但我相信它们的温暖，
——灯亮了，就千般蜜意，
灯熄了，就百转柔情。

润泽有水，天暗有星，

百般经纬，千里纵横。

我闻着那黄土的味道雨水的味道，

所有的记忆，都成为命运里的暖意和至诚。

圣洁经律，世俗心灵，

动合天道，地有德行，

故乡之外，皆是异乡，

暑热寒凉，雾雨爽风。

华北平原的人们啊，磨平了岁月，

尘世间的繁杂和愁苦，也被一风抚平。

早晨，有一种博大的沉寂，

太阳俯视下的土地，平和而宁静。

这平原，记载了多少沉浮悲喜，

有的时候，被掩埋的历史很轻，

有的时候，被掩埋的历史，却更重。

我记忆里的久远不是什么箴言，

霜染青丝，心中忘不掉的，

依然是平原夏夜的那一阵虫鸣。

不躁不浮，有一种沉厚可信的美感，

晚钟晨钟，携一丝柔润不腻的爽风。

凡间人间，生生不息，

时光怆然，红尘苍穹，

看华北平原春草不倒，

演绎着一代代生命辉煌的诞生。

有月无月，秋色依旧，
云掩雨掩，人心自明。
很久很久了，我一直注视着华北平原的日出，
她是金色的，金黄色！
那境界，成为隐隐时光中，
光斑一样沧桑而深远的，
浩荡的永恒！

祖国·磁州窑

几千年的瓷器凉了，
即使曾历练在一千度的高温，
它也早凉了。
几千年的瓷器很热，
即使曾经历了无穷尽的风雨，
它依然发烫。

瓷就是土，瓷就是水，
有多少种土，就有多少种瓷，
瓷是土的骨架，瓷是水的魂灵，
水成为瓷，它就不浊不腐，
土成为瓷，它就不软不朽。

磁州窑的根在大宋，
那大宋世盛民丰，道德清净。
白釉黑彩，鼎盛于彭城，
清风细雨，镌刻于胎上。
以花为饰，钩划剔填，
寥寥数笔的图形，生动无比，
有规无束的遒劲，挥洒自如。
那简洁成为一个时代的美感，

那朴素成为一种艺术的尺度。

润滑如脂，似玉之美，
纵横捭阖，如影随形，
也世俗也高雅，
市侩景物，童叟仕宦，诗歌词赋，
磁州窑成为一世一朝的民俗图谱。

滏阳河帆繁楫影，舟车络绎，
将重器大器运往汴京以近和以远。
瓷源土，瓷似天，
铁锈花，珍珠地，
兰花碗，青白釉，
蝉翼纹，晨星稀。
这民窑延续的粗犷和细腻，
成为一部勃然大气的燕赵正史。

找什么生活，这不就是生活吗？
找什么艺术，这不就是艺术吗？
找什么风情，这不就是风情吗？
找什么历史，这不就是历史吗？

"孤馆雨留人"，
"甜香味美最为善"，
"众中少语，无事早归"，
"清吉美酒，醉乡酒海"，
"有客问浮世，无言指落花"，
——你看那磁州窑上的留句，
是那个繁盛而平和时代的工笔写实。

土烧成了瓷，就一生一世，
埋了也是瓷，
淹了也是瓷，
砸了也是瓷，
再烧它，也还是瓷。
成为了瓷，就不会再成为土，
就不会再变形，碎了也不变形！

磁州窑，你长在民间留在民间，
说你粗粝，是说你坚实的岁月，
说你沧桑，是说你不落的风尘。

祖国·春风习习，野草浅绿

春风习习，野草浅绿
一个冷冽的比喻滑进心底
在板结的二元对立思维的烙印上
我如你的镜像在闪熠

从另一个视角看到另一种图例
虽说，我的诗神读不懂上苍的唇语
可这个命题成立：你必然，我偶然；
你恒久，我瞬息；你是实，我是虚

但你把一个虚空抽象偶然短暂的我
与你融为一体
你的荫庇，我的爱恋
像强核力，把我们凝聚

从而使我的虚无入注实有
从而使我的偶然依归必然
从而使我的短暂延至恒久
从而使我的抽象化为丰腴

即使真的，因生缘起，因果相续

即使真的，事物没有第一因
你依然可被认定为我的缘由
我依然可以通过你，认定我自己

在我生命的区间
我不愿这玄奥的思辨，无始无终无边无际
在我目力所及，你就是我存在的缘由
你就是我划向彼岸的舟楫

祖国·圆明园

岁月久矣，
苦雨欲断不断。
人迹肃然，暮鼓舒缓，
远一阵昨日秋叶，
飒飒近前。

思绪长长短短，
故事明明暗暗。
长天日隐，月缺月圆，
岁月坍塌时，
历史也凹陷。

当被火焚烧的骨架撑起一个民族，
这块土地上的所有生灵，
都会活出几分庄严！

祖国·我少年时常唱一首
鄂伦春民歌

高高的兴安岭
一片大森林
森林里住着
勇敢的鄂伦春
　　——鄂伦春民歌

我想用马蒂斯那种平面化的装饰性，
表现鄂伦春风情，
或像中亚细密画那样，
刻画雪国昨日，安谧的跃动。

我首先在画布上涂满大森林，
左边一片白桦树，右边一片樟子松，
那学名越橘的北国红豆，
权作榛鸡的眼睛……

传说中的天火，在上方燃烧，
獐子、狍子、成群的梅花鹿，隐隐约约地跑动，
呼玛河畔的桦皮船，漂向柳丛，
围着篝火跳舞的是鄂伦春少女和神圣的黑熊。

还有驮着走的房子, 森林的桀骜不驯的精灵,
狂放的婚礼,
悲恸的树葬,
受尊敬的高颧骨鄂伦春妇女们镶花边的歌声。

而在画中央我要画一个犷悍的鄂伦春青年,
他骑在马上, 猎枪和匕首闪亮,
猎犬跑在前面,
他们的目光, 同时瞄着天上一只鹰。

我可画出了夏加尔那种梦幻的舞蹈?
我可画出了我对森林游猎人的憧憬?
我画完了, 我要给这幅画, 起这样的标题:
"依然是我少年的初始之梦"。

祖国·夜湘江
——2016 年 5 月 26 日深夜读湘江

夜湘江。深夜的时候，
湘江就隐去了。

长沙的灯光，比江水浩荡，
我望着远处的湘江，
他时而东去时而北回。

我知道湘江流向哪里，
但不知道他源自哪里，
其实所有传说中江水源头，
都未必是源头，
那么多的江那么多的水，
皆源于草木土石之间。

我看到江边草的颜色，
时间久了，它们都是江的颜色，
湘江沉默，在漆黑的时候沉默，
隐于暗夜归于凡尘。

长沙的建筑鳞次栉比，

那些大厦都比湘江高，
而许多时候，更低的，却是经典非凡的。
湘江，他在夜里像积攒着刚性和柔情，
谁知道天光一现他便冲刷百里！

湘江平缓，青山黯然，
他们遥遥相望又遥遥相对，
你知道湘江昏黄的颜色怎不清明，
必是在泥沙浑浊的时候顺流而下。

夜湘江，湘江似隐。
若悲欢，若聚散，若离恨，
俱在湘江。
潇湘冷暖，则天下冷暖，
百水纷繁，无非湘江余波。

湘江，日夜平和。
夜湘江，如沧海时，
如桑田时。

祖国·我见过的那只鸮鸟标本

它无声息地飞行
从不触动森林之夜那虚假的平静
它坠落的利爪会紧紧扼住一条食物链的环节
假若铅丸没有夺走它的生命

然而，这种剥离并不彻底
它现在依然栩栩如生
弯曲的尖喙旁
闪着一对诡谲幽冥的眼睛

它那招来臆猜怨责的羽毛
宛若飘飘洒洒的魔女的斗篷
遭遇的灰鼠依然会为之战栗
即使它又剔除了骨肉内脏，没有了魂灵

它现在俨然一位教授，在超越一般性的高度
讲述着森林生态曼妙的平衡
并且似乎还在以它合理的残忍
执行着天赐的古老的使命

祖国·我缅怀那些昔日的淘金者

一轮残阳卡在落叶松的枝丫上，
荒凉的老金沟，还保留着原来的模样。
只是格外寂静，
岁月湮灭了当年的苦涩、堕落、凶杀以及破灭的梦想。

不过，眯起眼，
似乎，依稀人影幢幢，
在刨开的冻土层下的坑穴里，
淘金者蠕动着他们干烫的脊梁。

像蟒蛇缠着猎物，
把他们铁箍般匝得严严的，是同样的贪婪和欲望。
他们淘得的金沙，
招来的是罪恶和死亡。

那些来自饥馑他乡的淘金人，
几乎都为黄金殉葬，
但他们当年淘得的黄金，
一定还金灿灿地留在世上。

或沉睡在金库里？

或荷载着财富与荣誉闪闪发光？
或被刚刚打制成一枚翻新的戒指，
正激动着一位初嫁的新娘？

当我登上战舰似的采金船，
注视着沙石翻滚，浆水流淌，
一首缅怀昔日淘金人的诗哽在咽喉，
他们的命运，让我久远地郁结和感伤。

祖国·树木志

天好的时候，就愿意日子过得缓慢一点儿，
北方的槐树不是那么繁密，
但每一棵树也都有百年。
真是，人每天匆匆促促，
色彩不如那树，
从容不如那树，
深厚，也不如那树。

我更喜欢北方的垂柳，
这种树无论世事有多么沧桑，
它总是一种飘逸洒脱的姿态。
中山路以西，能看到太行山，
山高了，离太阳就近，
风吹着，山上的树，比山下的树显得沧桑。
你看树的那些影子，你很难说它是浅薄或者深刻，
这个浮浅的日子充其量就是影子，
太阳一黯淡，它们也就没了。

那些树安静了，无论有颜色的树还是没有颜色的树，
无论绿树还是枯树，
在这个世界上，他们都有近乎神圣的存在感或者唯一性。

在人与人的嘈杂之后，人与树或者与其他自然界的事物，
有了哪怕片刻的安然与恬淡。
其实什么能够恒久？
看着那些茂密继而衰败，
看着那些纷繁继而平和，
就觉得，这才是世界的真实。

天阴了，没有阳光，就想起一句话：
如果用一个孩子的眼睛看世界还不能变得清纯，
那就用一棵草、一只瓢虫或是一只蜻蜓的眼睛看世界。
那些无以言说的混沌之态，
或许正是使心灵超然平和的意外所得，
如同窗外有些年份的树，风吹，它也不晃。

"这是紫色的和绿色的，
这是一些好，是一些美丽，
是我们的信条，是原汁原味的感觉。
这是一些肖像和自画像。
不要太干净，也不要闭合，
不要试图洗净那些污浊，
不要在意眼前是一片叶子还是一树叶子。"
这是早年写过的诗句，
时光中，有的经历，就成为了叶子，
有的经历，就成为了树。

窗外的树绿得很密，它轻微摇曳。
一棵树如果年代很久了，
周围事物的盛衰兴替就与它的枯荣有关。
后来觉得，不仅仅是树，一棵草，

一只小虫子，孩子们的声音，
这里的气场，都是某个瞬间让人爱恋的缘由。
树上的鸟总在说话，我觉得，
它们说话是习惯和自我满足，
而不是为了让别人听到。

是啊，你看那有些年轮的树，
它还需要雨吗？
亦清透亦醇厚，亦柔嫩亦沧桑，
那树也感性，也知性，也智慧。
有时候觉得自己的期待并不高啊，
可是现实与期待还是有距离，那怎么办？
那时候我就看着窗外的几棵树，
它们无法预知冷暖，无法躲避尘埃，
有风它也长无风它也长，
渐渐就成九丈翠盖。

北方多杨柳，多榆槐，多桃李，
阔叶树如北方一样阔大，
叶也绿也黄，果也熟也生，
叶片宽阔，叶脉成网，
若问世事，皆看一树之枯荣。

院子里树上的鸟的叫声多了起来，
它们知冷暖，知黑白，知阴晴，
它们甚至知道得更多，
知道人的隐秘和人不知道的隐秘，
能预知明天及其以后。

我不知道它们在哪棵树上看着这个世界，

看着这个世界一会儿清朗，

一会儿又混沌。

祖国·寒温带印象

匆匆开放，匆匆结果
无霜期太短
植物们过不够绿油油的生活
我们的感受太像那些泛红了的刺莓果
葱葱茏茏的森林、草地、麦田、花朵
在拥挤的无霜期
演绎着寒温带繁荣的法则

斑斑斓斓的如意草野菊花紫罗兰剪秋罗
各有各的命运机会际遇，挫折和快乐
即使在腐败的厚厚落叶里
也听不到叹息，唯有沉默

所有根须都紧紧抓住永冻层
不让每个光子从叶片滑落
急躁而随意的阵雨袭来，
就放纵地生发
霜降飘雪时，就等待和缄默
一个短短的无霜期却连着一个长长的休眠期
只要你有智慧把寒温带的悖论打破

祖国·炎帝手中有一捆稻谷

炎帝的手中没有万物，
只有一捆稻谷，
膜拜他的时候我就想，
其实人这一辈子，仅仅需要稻谷。

可是后来，就想说话，想写字，
想让别人知道自己。
想爱，想恨，想占有，
想春夏知自己冷暖，
想日月对自己照耀。

也许你说，还需要空气、水、绿色和阳光，
这我们都知道，炎帝也知道，
但他的手中，只有一捆稻谷。

如果把那捆稻谷换成别的，
我也许真的不会那么虔诚地，
低头。

祖国·在草原蒙古族朋友家做客

祖国　我们来到草原　在蒙古族朋友家做客
线条简练的草原　比草原概念还开阔
我们平生第一次跨上马背
平生第一次与一头小牛犊取乐

蒙古包里奶茶飘香
我们不约而同谈论起生活
盛情的主人一时兴起弹起马头琴
用苍凉的嗓子　唱起苍凉的民歌

歌声使时光沿着勒勒车的辙迹倒流
只有女主人不为所动　认真照看烧干牛粪的炉火
首先出现嘎达梅林率众起义的英姿
随后成吉思汗成就霸业的骑兵啸啸驰过

而琴弦之外：云雀在蓝天翻飞鸣啭
散落的玛瑙石在草丛间闪烁
马群安静下来　羊群骚动起来
草原呈现着动态的平和

我们来到草原　在蒙古族朋友家做客

草原风情覆盖住乡土阡陌

奶酪、啤酒、琴声、歌声……

祖国　我突然想：

你卓越的文化卓越于组合与融合

祖国·再次写到阳光

我们又一次感受阳光
阳光如同相识的人投向你
自然而深刻的微笑
阳光如同一种朴素而平淡的信仰

阳光是瞬间的感觉
是一种智慧的漠然
是一种朗朗天空下的敞开
是一种真纯成熟的没有声音的声响

总存在着，便总感受不到存在
阳光是一种真实的思索和表达
在路口，他不经意地
向孩子叙述自己的想象

阳光意味着什么
他不是真理，真理是没落的序言
正午，一位读着《价值论》的少女
穿过秋色高远的广场

听阳光的叙述

你会忘记许多语言
它仅仅是我们对话的过程
是我们浅浅的呼吸
是我们经意或不经意的
对视的目光

祖国·当我忧郁的时刻

某种意义上，我是一个庸人，人间过客
我心伤累累，阴影多多
况且，子午已过
上苍预设的残缺和个体淤积的污浊渐渐赤裸

当热情耗尽，躯壳因冷却而空瘪
当自己把自己推向泥淖，自己把自己缚上绳索
只要想起你，你就伸出双手
及时提升我卑微生命的理性与人格

当忧郁无端袭来
狰狞的乌云菟丝子般纠葛
只要我呼救，你就应声赶来
帮我从台风眼解脱，或把蚜虫大的风暴点破

祖国，当我忧郁迷惘空虚低落的时刻
你就是我脆弱心灵的装甲，内部的核火
你的神圣之光沐浴我这凡夫俗子
使我一再地高昂、充盈、快乐和灼热……

祖国·我是你现实的一支歌

祖国　我是你的银杏
我来反应　你的风
祖国　我是你的风
我来弹奏你的田垄

我来歌唱你微小的元素
微小元素的聚合幻化
我来歌唱你流变的万物
流变的万物荷载永恒

我是你时间箭头的露珠
某种新事物的声明
我的歌永远在弦上　在键上
由消逝与到来的刹那　刹那合成

携带着你过去的印痕
包蕴着你未来的征兆　胚芽的潜能
祖国　我是你现实的一支歌
我是你喧哗的银杏和风

在我的年轮里

我记录你行走的过程
用清晰的轮印
为你飞翔起来的世纪见证

祖国·我这样揣想一株向日葵的三种命运

荒园中，一株向日葵在绽放，
我从旁边经过，勾起一丝遐想，
不知如下三种命运，
哪一种被它惧怕和神往……

被一场风暴摧折，
留下终生不愈的创伤，
或被冒失的樵夫砍刈，
填进农家早炊的灶膛……

就这样按部就班地生长，
默默装点这园中的荒凉，
直到茎叶枯干，
无人采摘的果实纷纷扬扬……

抑或此刻，遇到凡·高，
它被无端地卷进艺术的癫狂，
它那卓绝的活力与魂魄，
以异己的方式，移植到画布上……

我看见那向日葵哲人一样平静，
它并未在意命运怎样编排它的下场，
它只顾尽情盛开，习惯地追逐太阳，
恣肆地享受着当下的明媚与兴旺……

祖国·太行山

平原一脉，九曲孕万峰之气度，
丹崖百转，群山有千仞之奇绝，
横切四地，纵揽百县，
巉岩峻峭，松涛有风。
石为岩，山为嶂，
南黄河，北燕山，
气势壮阔，红崖长墙石壁如带，
沟壑嶙峋，绿盖溪路无尽清朗。
有万尺瀑布，有百丈回廊，
阅尽天下群山，莫不过此。

一山压群峰，绵延八百里，
深厚见关隘，壮丽现八陉，
这太行山沧桑阅尽风烟阅尽，
成为古燕赵温热坚硬的骨髓和骨架。

爽风透明，俗世尘埃不入，
繁星若河，人间清亮异同。
天既能如是纯明，
地亦该一世洁净。
太行山，辽阔、沉实、丰厚、雄浑，

连影子也是那么清晰地存在，
又是曙色落日，依旧满树繁花。

人大隐，隐于野，
山大隐，隐于林。
那太行山气象超凡神态超凡，
亦开亦合，无穷风韵，
卓然巍矗，之北之南。

怆然夜色中，
风寒月自明。
流曲深澈，峡谷毗连，
远离喧嚣，大智大愚，
薪火相接，民智如灯，
兆民所望，福必兴焉。
融山的智慧水的智慧人的智慧，
看那千秋名山的从容，
凡人莫及。

遥遥太行平静如水，
托举着周天落日。
恍然间，那山中的一色绿意，
浸透夏日的华北平原。

祖国·你这深沉的土地、
快乐的土地

祖国　你这深沉的土地　快乐的土地
一年一度，春暖花开　粮蔬丰腴　欢声笑语
民间蓬勃着生活
田野翻飞着铧犁

很快锈蚀的是箭镞　迅速降解的是骨殖
厚厚的文化层　过滤着退行的遗迹
而在烧不尽的野草之上
世世代代　依次盛开风情摇曳的少女

像落叶一样沉降下去
帝王的陵墓　沙场的血污　颓圮的墙垣　老迈的身躯
同时像禾苗一样升起
更嘹亮的婴啼　更浓烈的碧绿　更深邃的喧哗　更强劲的生机

祖国　你这深沉的土地　快乐的土地
隐与显地包蕴着东方沃土的道与理
可以解析的神奇　不可言谈的神秘
每捏土每粒沙都饱和着朴素的诗意

祖国·你是使鸽哨响彻云霄的那种蔚蓝

祖国　你是使鸽哨久远的那种蔚蓝
祖国　你是使橄榄摇曳的那种召唤
祖国　你是使道路宽广的那种车轮
祖国　你是使心智富饶的那种资源

祖国　你是使田野丰盈的那种风雨
祖国　你是使思维自由的那种雷电
祖国　你是使生活健康的那种清澈
祖国　你是使选择多样的那种拓展

祖国　你是使倾斜平衡的那种力量
祖国　你是使蛹羽化蝶的那种果敢
祖国　你是使庄稼繁茂的那种耕耘
祖国　你是使文化多元的那种坦然

祖国　你是使历史深厚的那种持续
祖国　你是使现实灵动的那种新鲜
祖国　你是使世界润泽的那种诗歌
祖国　你是使人类温暖的那种火焰

祖国·敏锐和感应

地球村又刮起季候风
新的隆起设置新的路障，并拖带着阴影
数码编织的桂冠与荆冠，水母样漂荡
漂荡在一些人的黄昏和另一些人的黎明

如今，几幅现代科学家的肖像
成为时代行进的路标和引擎
风驰电掣切入的新词汇
像群雏鸟唧唧喳喳穿过春天的语境

晨钟暮鼓间，这趟列车徐徐启动
一条数字鸿沟冷酷划开两边的风景
在机会的站台上
世界用习惯或非习惯面对着一种诞生

顺风扬帆，逆风启程
新的机缘发放了新的签证
在现代知识体系的高原上
祖国，坦荡地穿过开化的冰凌

祖国·往事

往事，是我们经历过的一些日子，
是打湿的雨伞是揉皱的来信，
是褪色的邮票是过时的纸币。
是似深似浅的井水，
是若有若无的梦呓，
是一棵总不落叶的柳树，
是一阵或低或高的鸟啼。

往事，是我们经历过的一些日子，
是和星星一起悬着的想象，
是与雨丝一起落下的心绪。
往事，是一阵吹皱年龄的
纯贞的空气，
往事，是一支蘸着淡墨的
好用的毛笔。

祖国·春天是诠释所有花朵的提纲

你为何如此昂扬
硕果累累，一片金色的预言与猜想
就像有一种伟大力量怂恿着那样
就像有多种伟大力量怂恿着那样

你为何能够一再解读历史和人性的律令
你为何能够一再雕塑新铜像
花蕾走向果实，果实走向花蕾
稍试风速顷刻演变成千帆竞渡的远航

你为何能如此灵活地编写逻辑
深处浅处，中心周边，哲学尴尬无言的地方
不时洇出新思维的初潮
不时隆起新观念的产床

吉星和幸运之神不会无缘由地造访
红色与非红色合成的绚丽呈现自由与宽广
你为何如此缤纷——
春天是诠释所有花朵的提纲

祖国·中秋记

时至仲秋，
眼前那些黄的、粉的、紫色的花儿，
开过又谢过。
秋日辽阔，
愿今晚有月。

十里咏月，
千里亦咏月。
多少咏月的诗句，
都已沉落，
而依旧月明。

明月如素，如此红尘，
时光若烟，浮生若羽。
水浅鱼读月，
雨低燕衔云。

我们都是单纯的人，
面对世事的繁杂和喧嚣，
渴望有人爱，
渴望有些感情也有些激情，

渴望有一些好人，

好人不让人心冷……

所以月圆。

想自己，想自己惦记的那些人和那些情愫，

有的是真实的，有的是想象中的。

在一种情境里在一种倾诉里，

就容易爱起来温热起来，

有的时候情境感染人，

让人忘记世俗，

忘情啊，思念啊，

有时那样的感受也很中秋。

中秋。这个季节天色高远，

让我们懂得，

最好的爱，其实最简单，

简单到仅仅满足于每天早晨，

我们一起醒来。

看到一粒种子被风吹落到土里，

发芽长成树苗，

那一定是大自然和爱的杰作。

于是我们便知道，

天地万物都在爱，

爱，爱所有能够爱的，

爱了，就不恨了。

这时候大地辽远而平静，

平日里听不到的许多声音，都能听到。

那种境界多好：

"秋天来了，天气凉了，

一群大雁往南飞，

一会排成个人字，

一会排成个一字。"

——这是我小时候能够看到的，

那时候每到中秋，

就能见到它们一群远了一群又近，

就能想到它们一群北了一群又南。

相思才是圆，

相聚才是圆，

但圆了就好吗？

也许咫尺，也许天涯，

其实什么能圆？

世事不能圆，

情愫不能圆，

惦记不能圆，

甚至一个"想"字，也未必能圆。

中秋，我们在感受着，

感受着阴晴圆缺，

也感受着暑热寒凉，

真实地感受着就好，

让人知道美好和良善不是生活的全部。

这个城市肯定有很多的舒朗，

也肯定有很多的尘埃，

但无论如何要爱，要好，

要明澈要皎洁，

——这是想象中的美好，
也是宿命。

还是要说：好好生活，好好爱。
我们爱着，在世俗的生活，
也总是在寻找普遍的诗意，
然而没有。
城市的街道给人的感觉像是枷锁，
但我想到月明就觉得没有枷锁，
就感觉想要飞翔。

明月之下，皆如秋水，
红尘中，谁也会被遮蔽、被染尘，
但你想这晚月如洗，草香叶浓，
面前，就依然是一个干干净净的清凉世界。

这一年的中秋，
浮云淡远，清风总有秋意；
这一年的中秋，
尘世喧嚣，浅月依旧纯明！

祖国·我站在翌日的彩霞中把你讴歌

祖国 我跃上公民意识的平台 把你讴歌

讴歌你国家精神的升华与性格

讴歌你把陶罐和偶像毅然挪到身后

陡然攀升到现代的高度 直面当代的思维与困惑

祖国 我跃上诗神的肩头 把你讴歌

讴歌你外部的展开 内部的辽阔

讴歌你轮轴上处女地的泥浆

讴歌你奇迹般羽化，预期的收获和始料未及的收获

祖国 我站在翌日的彩霞中 把你讴歌

讴歌你智慧浸润的逻辑与因果

讴歌你平静的裂变与聚变

讴歌你的行进：曙光的颗粒 速度的色泽

祖国 我站在未来鸟的羽翅上 把你讴歌

讴歌你瞭望时的从容旷达与活泼

讴歌你把春雷安置在悖论的花蕊

讴歌你吉星高照 幸运之神的微笑 一直在前方闪烁

祖国·我是开放的花瓣

我是开放的花瓣
沉醉于个体的狂欢
听到坚果的爆裂声，看到候鸟出现
我都认为这是关涉春天的事件

啄破一层层自缚的茧
仿佛硅化木抽枝发芽
鱼化石摇头摆尾
视野在无穷地拓展

我是开放的花瓣
沉醉于个体的狂欢
遥远的苹果，他乡的谣曲
都在为一个现代人的诞生筹备庆典

像一棵树跑出森林，像一块石头飞出群山
我已独立，局限沟通了无限
风无障碍地穿过躯体
思维的田野，袅娜着地球村的炊烟

我是开放的花瓣

沉醉于个体的狂欢
荡舟银河，鼓动晨昏线的翼展
北纬度的云朵，南纬度的雨点

我是最新最嫩的蔓尖
我在开放的边际，垦殖荒原
地球人所有的收获都富饶着我的内涵
地球人所有的拓展都扩大着我的外延

祖国·回家

在秋的心境里，我们回家
通往家的唯一的路上
满是泥泞

我们有时靠太阳回家
有时靠月亮回家
有时靠一点萤火回家
而有时回家
就仅仅要靠
我们的眼睛

我们回家，在我们家中行走的
全是梦幻和乐音
再沉厚的书，在家中也显得单纯
一种味道
光洁的地板上的几粒泥土
都是为了点缀
那种纯明

我们有时在目光中回家
有时在语言中回家

有时在想象中回家
——那重重的心事上
常沾满窗外的草星
回家
是在家时的一滴泪
是在外时的一个梦

我们回家，我们回家
回家，一个故事的
开始和最终……

祖国·面对全球问题我们并非一味乐观

面对着一个疯狂世界，
一个不确定的宇宙，
我们无法保证，
认定的天鹅蛋，不会孵出秃鹫。
我们泅渡的彼岸并未许诺一个乐园，
而守望者守望的此岸，几近失守。

哪怕坏事准会发生抑或没有，我们未雨绸缪，
考验现代理性的时刻到了，
魔鬼通常就躲在天使背后。
已经无法盖上这只潘多拉盒子，
也许我们真的需要再造方舟。

我们隐约感到人类精神家园的荒芜，
我们正无奈地进行，对元话语的解构。
也许我们真的要经历重写伦理的尴尬，
也许我们真的需要重新杜撰存在的理由。

也许我们感受的深广寂寥有所暗示，
也许我们正悄然接近地球文明和新范畴。

也许恰如凤凰，将沐火重生，
也许此刻，我们必须耐心等待青果的成熟。

忧患意识深深潜入了人类精神和语言，
所有已被命名的魔鬼都横亘在我们前面的关口。
也许那未来学的最灰暗尖刻的声音，
也恰当传达了造物主对我们的告诫和拯救。

祖国·树

秋日里，我们叙述一些
关于树的思想
年轮深埋着，像一些经典
与天空对话的时候
阳光常记起一些被我们忽略的名字

树的话题，使我们想到命运
抑或想到一些更为深刻的题目
平和地存在着，朴厚甚至博大
真的，谁有资格
把自己比喻为树？

有谁关注根的意义和叶子的意义
树，使我想起单薄繁复的某一天
想起某个失去意义的纪念日

当树与树渐渐走近时
树与人
相距多远？

祖国·殷商"司母戊"鼎颂

时光倒流　流向既往　流向殷商
流向熔冶青铜的炉膛
神啊　把形骸重新还给那些聪慧的灵魂
在巫师作法中　再现当年安阳的作坊[①]

时光倒流　流向既往　流向殷商
流向祭母帝王的柔肠
神啊　把人性和威权重新赋予那王者骷髅
让他有机会重温那深入的哀伤

最早的火焰　最早的铜液
最精美的造型　最大气的重量
哦　感伤血缘的帝王　技艺高超的工匠
他们无意间把一个民族文化的图腾浇铸呈上

那是多么庄严和欢腾的时刻
一尊巨鼎通体猩红　闪闪发光
当鼎腹露出"司母戊"铭文
历史、汉语和绵延的华夏子孙就会世世不忘

---

① "司母戊"鼎，1939 年出土于河南安阳武官村。

时光倒流　流向既往　流向殷商
流向熔冶青铜的炉膛　流向祭母帝王的柔肠
谁敢说这件重器的诞生
不是中华文明辉煌复辉煌的一淙滥觞

祖国·我敬重那些热爱自己家乡的诗人

祖国，我敬重那些热爱自己家乡的诗人，
他们的诗句总是深深打动我的心。
譬如莱蒙托夫歌唱俄罗斯"草原上过夜的大队车马"[1]，
我就情不自禁坠入你农家小院的温馨。

他们吟唱的任何歌调，
都源自眷恋故土炽热的灵魂。
祖国，我的琴弦随他们一起同频振颤，
我的爱，也是时而昂扬激越，时而忧郁低沉。

我与他们的情感相连相通，
热爱养育自己的土地，热爱土地上的人民，
世界上不论哪个国度，这热爱，都是金，
祖国，在缪斯抽象的花园，我与他们是知音。

祖国，我敬重那些热爱自己家乡的诗人，
他们的诗句总是深深打动我的心。
譬如莱蒙托夫歌唱俄罗斯"随风晃动的无尽的森林"[2]，
我就立刻感受到你江南梅雨的浸润。

①② 引自莱蒙托夫《祖国》一诗。

祖国·我尊崇我们所有的先哲

祖国，我所以来撰写出他们的颂歌，
全因为我作为一个诗人的笨拙。
我谒过孔子墓地，完成了朝圣，
朝圣过后，我拥有了背对传统的资格。

圣人语录，线装的典籍，
那些智性的元话语，早已深深镌进了骨骼。
那些星辰们，犹如孔林的松柏，
我无限尊崇地选择了沉默。

他们都是我们的因、我们的缘、我们的沱沱河，
一个轻慢历史的诗人显示着轻薄。
我的尊崇属于所有的里程碑，
一个时代的最大愚蠢莫过于模糊民族的先哲。

新的雕像矗立在新的空旷地上，
精神的殿堂不欢迎民族文化的虚无主义者。
祖国，我在孔子庙前低下了一个诗人的头，
民族生存智慧的结晶是一个民族的魂魄。

祖国·鸟与天空

树枝是枯的，
而鸟巢却是新的，
我们在一支练习曲中，
记录一个少女和她的亲吻，我知道那里面有一个夏天，
至今，它仍带着皱褶，
躲在我衣袋的底部。

　"换一群鸟，换一个鸟巢。
换一群鸟，换一支曲子。
换一群鸟，换一片天空。"

祖国·我有理由赞颂我们的远古帝王

祖国，我有理由赞颂我们的远古帝王
伏羲哟燧人哟神农哟，大智大慧的三皇
他们在集体记忆的源头
把民族存在的浩渺开创

他们是民族创造力的曙光
他们首先把人工火种引进我们的村舍灶膛
他们首先造耒耜，播稼穑，尝百草
他们首先教我们渔猎畜牧，识天象

直到今日，我们依然把他们的遗产分享
那份远古的温馨依然萦绕我们受惠的心房
仿佛酋长们仍然站在茅屋门口守望
野风阵阵，送来烧烤鹿肉的熏香

祖国，我有理由赞颂我们的远古帝王
天皇哟地皇哟人皇哟，大智大慧的三皇
我们的今日福祉，全来自他们最初的教化
我们的今日，验证着我们人文始祖的辉煌

祖国·沧州铁狮子

你抬头或者低头，
亦是枥海而啸的镇海吼。
你发声或者沉默，
亦是携雨而奔的镇海吼。
世事繁华与怆然，沉厚沉重如旧，
时光流逝与停滞，神韵神采依然。
岁月剥蚀它也是铁，
风雨侵袭它也是铁，
是铁就刚硬，是铁就不会低头。

双目有日月，
蹄下见风尘，
身鬣一抖，卷几载风雨，
昂首三啸，融一世精神。
高天远地，九朝风云，
有道无道，曙色黄昏。

一踏百里沉实，
千年飙猛风流。
人间正道有灵物，
虽在凡世不近俗。

你数数有多少夜，清寒的冷寂，
你想想有多少年，不灭的灵魂。
朽了也是不朽，神灵已在，
梦中也是醒着，一直抬头。

时光如昨日风过，
看那眸若悬星的铁狮子，
镇海镇山镇天地，
昂首就是经年。

祖国·另一种辽阔

蹚过湍急的渡口，爬上苍茫的岗坡，
我是一个筑路者。
太阳在风中晃动，
我举起鹤嘴镐的身子微微倾斜着……

像一枚绿色量子，处于激发态的场中，
这个世界的空旷这个世界的寂寞都与我关涉。
只留下浅浅的印痕，
吟咏着一个偶然存在的歌。

那些载重卡车不知疲倦地奔驰，
那些电动机车呼啸着如闪电掠过，
但它们只能无限接近，却无法超越我的脚步，
因为我前边没有公路没有铁路：我是个筑路者。

城市像城市的沙盘一样，还有耕熟的田野及生活，
尾随在我的后边，渐渐变成另一个场所。
我一直注视远方，并怅然琢磨，
要不要辟条岔道：通向另一片空阔……

祖国·傣族泼水节

早就熟悉傣族传说中的傣族姑娘，
早就熟悉傣族传说中的傣族魔王，
需要不断冲洗粘连的污浊，
一个善恶较量的故事多么意味深长。

这个快乐的日子非同寻常，
菩提树枝甩出去的水滴具有神奇的力量，
如果被傣族女孩挥舞的鲜花抽中，
那就保你一世的福气和吉祥。

当然也可以把傣族传说中的恶抛在一旁，
尽情沉醉于这傣族节日的欢愉和奔放，
当然也可以把傣族传说中的理喻抛在一旁，
尽情领受傣族人的古道热肠。

让我们都去参加傣族的泼水节，
造访傣族村寨，感受亚热带风光，
按照傣族风俗，互相泼洒，互相祝福，
聪明地把欢乐看做一种胜利、一种智慧美丽和健康。

祖国·秋风浩荡

秋风劲，一夜望绿，一夜染黄。
寒不在冬而在秋，
冬者人知之寒，
秋者，人未知之寒。
秋风劲处，不见夕阳。

秋色老了。
只一夜，就老了；
只一梦，就老了。

秋风从容，不过于浪漫化温情化，
就是日常的温度，就是生活本身的质感。
秋风让人想到"和、敬、清、寂"，
还会想到更多别的词汇，
比如淡泊、超然、明澈、包容。

秋天的绿色和春天的绿色，真的不同。
你看秋天的华北平原，典雅而唯美。
从容所以深刻，安然所以大气。
它在我的眼里没有模糊性，
我不觉得自己狭隘，

它就是我的世界。

时有爽风，
叶绿叶黄，
惟愿明月似初月，
如是秋风亦春风。
世事纷繁，秋风自拂尘；
浮云淡远，明月不欺心。

天凉了，别在意冬天，
不然过了这个秋天，就连爱都不会了。
没有更多的期待，蓝天也在阳光也在，
树木花草的颜色也在。
"一群大雁往南飞"，
它们知道什么是暖意和寒意。

云掩雨掩，人心自在；
有月无月，秋风依然。

祖国·我心灵世界自我安顿的基石

谁不知道，安顿一个现代人的魂灵，
已是件越来越难的事情。
我们不是被驱逐而漂泊，
就是被拦截而飘零。

我们栖落的枝杈，
似乎同时也是相对主义的幻影。
我们靠岸的码头，
似乎同时也是不确定性的悬崖。

鄙琐但尖锐的哲学，加上科技的阴冷，
引发了心灵世界颠覆性的骚动。
那些给出方向的坐标：坍塌虚化，芜杂葱茏，
从而使现代人的自我罹患疾病。

一个非本体化的进程，
足以使一个人彻底失重。
我们都必须面对理论物理学的终极的虚无，
又难免渐渐被物质掏空。

理念像纸屑飞来飞去，

飓风频仍，人们却自觉"无法承受之轻"。
谁不知道，现代人在杜撰存在意义时，
是多么的紊乱和低能……

而我的心灵无论漂泊多远都会回归
而我的心灵无论迷失何处都有回程
祖国，在心灵世界，你就是我安顿自我的基石
你就是我的精神锚地，系着我心灵的缆绳……

祖国·燕山

冀南为赵，冀北为燕，
钟灵毓秀，峰谷溪涧，
抑扬顿挫，大开大合，
刚则铁断，柔则情绵。

野旷初霜近，烽火天路远，
日薄桑榆，月浅云暗，
千里山水，尺寸之间，
听那燕山清晨虫语傍晚雁声，
成为沧桑中气韵生动的内涵。

数地成隘，三山为巅，
滦水过此山，成喜峰口，
潮河拂一脉，成古北口，
那燕山晨雪也罢夜雨也罢，
赋予着几代人一世冷暖。

月落星沉，山吟泽唱，
此月明澄，他乡星寒，
刻雾裁风，秀石丰草，
傲骨嶙嶙，鸣渊潺潺，

千尺雪，翠云岩，

金山岭，紫荆关，

名山之中必有名仕，

高天之上总有晴岚。

立人若此山，行道似此水，

燕山山脉年谷和熟，林栖谷隐，

总让人觉得，几朝兴衰，

不如一岁青草的枯荣明暗。

蚕丛鸟道，峰深谷浅，

钟鼎莽林，煮海铸山，

裂石穿云，空渊传声，

关山迢递，岁月循环，

燕山，高处风劲低处风柔，

那气象就是这片沃野的后土皇天。

地载物，天擎道，

春苦乐，秋悲欢。

登山时临水时风骨峭峻，

我对燕山说：

天老了，你也不许老，

看这表里山河，

成为一代代人的骨骼、血脉和躯干。

这夕阳中的神韵渐渐暗去，

山河带砺，高山仰止，

燕山如黛，似水微澜。

那山中气息，

虚怀若谷，松筠之节，

避世绝俗，大德大善。

我知道，那燕山石头就是有一天碎了碎成齑粉，
也会成为岁月的痕迹辉煌千年！

祖国·我赞美我们的中华医药

一个传统的医学神话，
源自"神农尝百草"。
独辟蹊径，生生不息，叙事不已，
在民族健康史上留下一条无形、玄寂的大道……

在信仰中，在文化中，
深深融入自然哲学的奥妙与缥缈。
东方宇宙论的镜像，
东方生命观的纲要。

必将渗透进去，必将弥漫开来，
原始嬗变为前卫，古老翻转为新潮。
世界将从中华医药的复苏中受益，
甚至推波助澜，促进人类思维模式的飞跃。

祖国，我赞赏我们的中华医药，
中国哲学的核心在其中幻化、妖娆。
我们民族精神的一些本质元素，
都在中华医药的神话中自在逍遥……

祖国·赵州桥

通天通地，不知其所以为，应为神造，
叩石垦壤，耸矗于洨水岸，已阅千年。
拱如日，弧如月，
出云入雨，张弓腾龙。

千余载根基不动，
半百米玉环落虹。
有辙印，如凿隋唐年代，
铺青石，亦留几世刻痕，
风萧萧，时光如水，
抬望眼，即是百年。

单孔长跨，河心空阔，
霞霓应卷，篆文隶文，
那古桥底蕴十足坐实燕赵，
笑蹉跎，多少朝代更替已成烟尘。

安济桥，接天下，
西风薄，岁月沉。
今欲渡，大道开，
千年纪，总通神。

祖国·彝族火把节

每年农历六月，我面向南方，
大凉山彝族火把节的火光，
篙禾箭竹的烟岚，
就把我的瞳孔映亮。

以及乱我心曲的情景，
又跳舞又对歌的彝族小伙与姑娘。
集市场热热闹闹的交易，
传统的赛马，俗趣十足的斗鸡斗羊。

无一例外的与邪魔斗争的胜利，
对生活的痴迷，
祛灾祈福的热望。
正是这彝族火把节的涵义延伸，
一年一度，使我心旌摇荡。

祖国，你的人民都这样，
这是性格中最本质最踊跃的能量。
我曾与一位彝族诗人讨论过，
他证实，大凉山的活力向来火把一样旺。

祖国·祖国天佑

我在放声歌唱的小路行走
充满爱和爱引起的忧愁
光的倾泻沟满壕平，
相当于初夏，菜花成熟时候
我看祥云笼罩四野。
啊，祖国天佑。

眷恋整个世界，首先眷恋桑梓
落地生根的乡土风情摇曳穰穰田桑
从此天荒地老，拳拳厮守
紧盯着吉星高照的上头和前头。
啊，祖国天佑。

我的心灵就是我的教堂
我祈祷时，请神降临，天使们挥舞长袖
我的卑微融入恢宏，
并汲取到能量
上苍的垂爱全都恩及于我。
啊，祖国天佑。

在我私密的精神花园，

在我的宇宙想象中，
上苍格外顾惜人类的星球，
幽幽福音悠悠萦绕。
我们世代生息的地方
更是自然优惠，造化恩典。
啊，祖国天佑。

祖国·羌寨石屋

这里禁绝造作和虚伪，
这里美好本质贴近生存。
生活陈列在粗糙的石板上，
使任何创造的真理，
都成为赝品。

与自然的临界处，
走出石屋的羌族女孩像从云朵上降临。
谁也猜不出她把什么放进石屋抑或带出石屋，
还是走出神殿，
抑或去神殿拜谒诸神。

这里无限的单纯，
单纯得许多尖锐话题都无须谈论。
而人们热忱谈论的，
仿佛皆属障碍自设，烦恼自寻。

该消逝的全部消逝了，只留下恒久，
不该发生的全没有发生，只呈现现存。
生活仿佛在缓慢地变成化石，
又仿佛由化石从容地恢复鲜活与青春。

这里，迷惘了时间的方向，
这里暴露了思维的定势与混沌。
唯有羡慕那依然出入美丽石屋的羌族兄弟姊妹，
把一个原生态文化的寓言，
机巧地系上了羌族红绸。

祖国·岁末，我的城市下雪了

我的城市下雪了，

那么远的声音，

都能听到。

许多神的孩子，

那么多的精灵，

都在跳舞，跳得飘飘逸逸，

那么从容的生命，那么安静的生命……

雪是物质，我们都是物质的孩子，

只不过在水泥和垃圾的淹没中，

我们是不是还有纯洁？

那雪啊，今天的雪怎么这么新奇？

如果有什么可以永恒，

比如生命，

比如感情，

比如容颜，

也比如雪，

——如果这些都能够永恒，多好。

生活真应该显得那么混沌吗？

倦了，累了，也攒够了凄凉，

所以总想多看一眼轻捷的雪。

从前之前，以后之后，
全都改变了吧？
你不是雪，
怎么会知道雪的干净和幼稚。
你不是我，不会知道我的舒展和纯度。
我不是由于爱才好，
没有爱，我也好，
而且我也不是由于雪才好，
没有雪，我也好。
许多的好天生的，
而且是一生的。

最好的爱其实很简单，
比如你伸手，爱就在。
让那些单纯的爱，
简单到仅仅是满足于某一天早晨，
我们醒来时一起发现：下雪了。

雪像是从容而内敛的叙述，
有时候，便成为细小生命最出色的抒情。
爱，爱所有能够爱的，
也不再责怪本不值得责怪的。
他们也在为了自己可怜的生存，
——这是我原谅许多污浊的所有理由。

如果有一天，植物找不到最初的
充满活性和爱的种子，
那肯定埋在雪的下面。

那小小的幸福，

竟然延展而弥漫。

下雨时，人们会变得匆忙，

而在雪里，人们会平和淡然。

许多好的感受和暧昧都在雪里。

男欢女爱，紫夜红尘，

雪花一直要飘到明天的早晨。

那么细密的雪花和梦，

那么多尘世间的风花雪月，

都在天黑时无声地落着。

我的城市下雪了，

我的城市每年都要下雪，

只是今年的更柔润更细腻，

更像是为了情感和良善而下的雪。

有多么好的雪，

就有多么好的生命和幸福。

——我的城市的雪啊。

祖国·到处是你的朋友

是的，请相信，
不论哪个国家的人民，
和平都是仰望的星、心中的神。
如果飞越边界的是鸽子，
不是导弹，
人人都会伸出双手，
敞开暖意的大门。

是的，请相信，
所有国家的人民，
友善是人类共同的祈盼和福音。
如果我们迎接客人，
献出面包和盐，
那么迎接我们的也会是微笑和亲吻。

祖国，在这个渴望和平又动荡的世界，
你放飞鸽子，
培育橄榄林。
祖国，你的富足使世界获益，
你的善意使世界温馨。

祖国·我是你的一个多样的个体

祖国，我是你的一个这样的个体，
仿佛你的一片果园，橘树枝上的一个橘。
可是，可是我那拓展着的外延，
远远超过你的疆域。

祖国，我是你的一个这样的个体，
仿佛你的绵绵山脉，谷底溪中的一颗沙粒。
可是，可是我那丰盈着的内涵，
远远超过你本质属性的全集。

祖国，我是你的一个这样的个体，
我实现了剥离，我实现了独立。
我随着人类思维的飞翔一起生长，
我随着人类思维的升华一起发育。

但祖国，你是这样的一片园地，
永远并绝对，你是我心中的神器。
装进你的所有果品，你大于所有果品，
装进你的所有星系，你大于所有星系。

祖国·如果幸福，那就是幸福

在栅栏的另一边，
草并不总是青的。
浇灌哪里，
哪里就变青了，
带着水，
越过栅栏，
无论你在哪儿，
都要养育青草。
　　——罗伯特·富哈姆

我知道，草的味道从春天的皮肤里透出来，
草和这些字，同时出现在一张纸上。
我数着窗外的叶子，
我不知道数到第几片时，
草能够长出来。

我在途中，读一些诗，
这些文字真好，
每一个字都好。
好的，即使冬天了，
我也去种植青草，

——为了总能闻到腥腥的气息。

水和草铺开了，
越过栅栏，
潮湿的、暧昧的、柔嫩的，
斑斓一地。
记得我说过：好的就留住，
那时候有珠子和石子，
现在又有了水，
又有了草。

我知道，无论你在哪儿，
这个世界总是会有，
幸福的人。

祖国·海纳百川

就像你广袤的原野

会发芽　有收成

只要落下种

你的篱笆拦阻　不隔绝

对遥远的哲学叩问

总是有回声

就像你的语言文字

柔韧有弹性

凡被你说到的都会被包容

你的元文化飘逸

令人费解的空灵

它崇尚的易

奠定了叙事的恢宏

这是你悠久的因子

这是你兴旺蓬勃的天禀

所以　你浩渺深邃

所以　你自由灵动

所以　你总是不乏偶然与可能

所以　你有不竭的能量，连绵永恒

祖国·我邂逅一朵春天的蒲公英

邂逅一朵春天的蒲公英
金灿灿，水灵灵
一股沁透心脾的愉悦
一把琴，一群思想，被拨动

久久凝视她
悄然感受到，温馨的爱情
她就歌唱在田埂
一个悄然的有色彩的生命

祖国大地，祖国大地上的野花
每一朵都镶嵌在我精神的穹顶
她使我想起河堤上的紫罗兰
娇艳温馨之上，又平添了神圣

在她的经纬线，在她的历程
她展示着一种美丽，
在我们生存的世界里，
她俨然是我们的另一种生命

对于浩瀚寂寥的宇宙

她的绽放，即是存在的表征
这使她那娇艳温馨的神圣之上
又平添了几分矜持与空灵

家乡邻里小妹一样的蒲公英
宇宙造化的小仙子一样的蒲公英

祖国·无穷爱

到了这个年龄，就懂得爱，懂得爱人。

爱老人，爱不说话的人，
爱远处的人，爱不认识的人，
爱忘记过、却又再想起来的人。
爱偶遇的人，爱比你小很多的人，
爱了，哪怕他们把爱交给别人。

爱旅途的人，他们奔波；
爱异乡的人，他们孤单；
爱走路的人，爱迟钝了迟暮了的人，
他们早年一定有自己的睿智和洒脱。

爱与我对视的人，对我轻声说话的人，
爱很多人，也爱一个人。
爱放生的人，
爱燃灯的人，
爱诵经的人。

你爱了，就不会恨。
面对红尘，我不转身。

祖国·大地上的恐龙

仿佛鱼龙匆匆游过

仿佛马门溪龙匆匆蹚过

仿佛霸王龙匆匆爬过

仿佛准噶尔翼龙匆匆飞过

恐龙们匆匆闪过中生代

窄窄的一格

它们曾被血肉的力量所驱策

它们曾被性的力量所驱策

它们曾被生的渴望所驱策

它们曾被不测的命运所驱策

它们被驱策　它们也像古生代的甲胄鱼、鹦鹉螺

不过是匆匆过客

但它们曾生活得惊心动魄

它们曾在这茫茫四野　所向披靡　纵横捭阖

它们曾努力、发挥和演绎

它们曾把高傲的种属坚持到宿命了断的一刻

给这片大地的生命史

泼下抹不掉的笔墨

它们在眷恋的大地留下蛋

留下了脚窝　留下了骨骼

它们还留下了传奇，留下了戛然消逝的千古疑谜和困惑

而且它们还穿过新生代沉积岩的层层封锁

风姿重现，并使它们生活过的大地

成为恐龙大国

祖国·那么多民族的歌舞
都令我陶醉

同样的生命活力如火如荼
同样的激情牵动着筋骨
啊　不论藏族瑶族侗族白族佤族土家族……
同样的血脉鲜红着同样鲜红的歌舞

同样的生活欢欣如泉如瀑
同样的笑靥浸染着眼风和手足
啊　不论回族苗族壮族黎族羌族京族维吾尔族……
同样的情愫亮丽着同样亮丽的歌舞

千变万化的姿态和律动展现着同样的身体的曼妙
流光溢彩的服饰和音乐烘托着身体的语符
啊　不论满族彝族傣族水族怒族哈萨克族……
同样的天赋美艳着同样美艳的歌舞

所有要素都在诠释同样的存在的诗意
所有赏心悦目的表演都做着同样的倾诉
啊　不论布依族朝鲜族哈尼族高山族赫哲族塔吉克族……
同样的神韵深刻着同样深刻的歌舞

啊　都在诉求情爱永在青春常驻

啊　都在诉求丰裕富足安康幸福

不论东乡族纳西族俄罗斯族乌孜别克族阿尔克孜族……

同样的驱力活跃着同样活跃的歌舞

祖国·让我们幸福
——春节日记

这是春月的一个晚上，
在睡熟的时候，就悄悄立春了。
立春了就是春天了，
然后，就是春节。

这个冬日，许多人都会觉得，
还是阳光最好，
暖暖的、默默的、温和柔韧。
许多年的感受也会有变化，
比如我曾经总是觉得，雪最让人踏实，
我写过它的平缓与安详，
而且，早年的雪会遮掩那么多的污浊和瑕垢，
但今年的雪，却让人看清了人世间的平与不平。
我并不单纯的经历也没有让我明白，
为什么人世间许多那么美好的东西，
比如雨、比如文字、比如情感、比如诗，也比如雪花，
怎么会在某个瞬间变成邪恶甚至罪恶？

春节的前一天，窗外天无纤云，
外面有玫瑰色，有粉红色，

再过几天，还会有绿色。

那些树们不扭曲、不泛滥、不失去固有的定力。

写到这里突然想到了一些不关联的语言：

良善、迅捷、优雅、亲密、敬畏、给予、尊重；

——这些如同"微风山谷"的曲子，

就那么舒缓下去，那么好下去。

有很多的快乐、温柔、恣意，

有很多的感伤、失望甚至恐惧，

用单纯就都会冲淡。

——尽量冲淡些，不要很浓，

那么多的夜晚，不是都能完整的完美的，

那就只能把它们，拆开。

这时候我想，我真的喜欢一年中这最为安静的一天，

一直有一个习惯：在岁末的这一天的上午独自坐着，

什么也想什么也不想，

看着窗外，心灵赤裸，

想起一件值得微笑的事情，想起一种食物，

想起一场个人音乐会，想起一片涂鸦，

想起一只水果的形态，

喜欢它的色泽和丰满，

喜欢涩，

喜欢浮在苹果皮肤上的水珠儿。

这时候我想，想起海涅写到的那棵树，

也许有一天，我也像那些叶子渐渐枯萎，

那我就和它们约好，一起落下去，

——选择一个晴天，选择一个早晨。

好起来，什么都好起来。

如果你有一天的清爽，你就会有许多清爽，

如果你有一天的暧昧，你就会有许多暧昧，

如果你有一天的简单，你就会有许多简单，

如果你有一天的充盈，你就会有许多充盈，

趁着春天，试一试。

是啊，我还对朋友说：

好好看书、写字，敲击键盘，

偶尔也用笔写写字，那样感觉会好一些。

节日了，许多朋友说：总是在不知疲倦，

总是想着，把一个梦想，

再变成另一个梦想。

我对他们说：

把我们的诗写得幸福一些，

一年和另外一年，

真的不会是一样。

春天来了。能够持久的并非什么激情或者理性，

而是自然中固有的东西。

过去的一年是真实的，

即将到来的春节也是真实的，

——克制、喧嚣、溢满红尘，

我想，这会使人幸福。

我最近总是提到幸福这两个字，

这成了我的心愿，

——愿意人们把想起这两个字也当成习惯。

默默地愁苦，

默默地幸福，

哪怕仅仅是一滴一点。

那么多的人，都知道选择最近的那条路，

而我却还总是想着：哪些能够永久。

好暖，有感觉了，

那就是春天了。

看一眼窗外的阳光，

有欲望，也有愿望，

许多许多花开的时候，

就有许多好味道。

醒了的毛毛虫变成了蝴蝶，

就在早晨，飞呀飞。

想到其实我们都像那些小虫子，

一到节日，好像距离就近了一些，

更近了一些。

春节，这时应该说一句：阳光普照。

这个平实的词汇在以往会被认为是拙劣的诗句，

但此时，谁都会理解，

这是一个平静的温和的理想。

一个春天和一个节日，

有些日子有足够的喧闹，

有些日子有足够的平静，

在没有知觉的缓慢中，

在让人隐痛或者甜润的感受里，

又一年的春节和春天，

来了！

祖国·这天早晨，我这样拙劣 和自私地想象宇宙

我猜想，有一个真正的造物主，
他是工程学大师、魔术师，
最高主宰最高的神。
但在我这个"智能观测者"眼中，
他首先是个哲人和诗人。

数股或无数股来路不明的量子模糊，
在超宇宙的真实中游刃，
然后，在它们选定的奇点突然绽放，
就像漫天柳絮随风行运。

形成无数个性质相同或相异的宇宙，
都有自己的银河系，
像旋转的飞轮，
其中叫做太阳的得天独厚，
而造物主又对孕育了人类的地球格外施恩。

我猜想，这无数个宇宙都互为镜像，
它们可能都服从某种终极的理论或混沌，
有相同的追溯和发展，

我们宇宙和地球发生的事物，
也在它们那里同时复印。

就是说，在其他宇宙有也同样的文明，
特别是，也有一个同样笨拙的诗人，
他们也正因为对祖国痴情的爱，
时而狂喜时而愁闷，
时而高歌时而低吟。

但我知道，宇宙的神奇不可尽知，
一个小小的不确定性就颠覆了我们的命运，
如果造物主也拥有它的自由意志，
那么，所有答案都是不同程度的愚蠢。

但我依然愿把无数个宇宙想象成一棵树上的果，
不可知的"蠕虫洞"把它们联系得紧紧，
或许像同一个粒子：在这里，也在那里，
一个偶然的发生也许影响了一个集群。

因此，在我才思枯竭的时候，
我的宇宙想象就帮我预想奇迹的降临，
某个宇宙与我对应的诗人突然灵感迸发，
并把他那精彩奇谲的诗句，输入我的心。

远远超越我们的传统智慧与常识，
在造物主的阈限内，
怎样疯狂的猜想都不过分，
也许宇宙是科学的，
但它首先是诗的或终究是诗的，

地球以及那些宇宙都洋溢着诗意的芳芬。

肯定有无数个宇宙无数种物质无数种能量无数种意识，
它们被地球人的科学掀开一角，但远远超越科学的单纯。
在知识、哲学信仰之外的不可知之域，
造物主善意地沉默着，拒绝回答我们犯忌的追问……

祖国·我是你的一部分

我是你去冬和今春的一部分
我是你自然和文化的一部分
我是你悠久与瞬间、现象与本质的一部分
我是你新生和遗存的一部分

我是你驱策种子奔向花朵的那种力量的一部分
我是你化腐朽为神奇的那种机理的一部分
我是你使卵石游动起来的那种欲望的一部分
我是你收纳包容丰饶宽广的那种禀性的一部分

我是你今天和翌日拂晓的一部分
我是你光鲜的铧犁的一部分
我是你产房的啼哭与朗笑的一部分
我是你优美梦境的一部分

我是你超越季节的那种内蕴活力的一部分
我是你超越现实的那种易道精神的一部分
我是你超越局限的那种延伸冲动的一部分
我是你超越东方的那种全球视野的一部分

我是你明确预期的一部分

我是你狡黠悖论的一部分
我是你的桂冠和荆冠的一部分
我是你的宿命和自由意志的一部分

祖国·最美的光芒

最美的景致是无法描述的，
最沉的夜晚是无法描述的，
最质感的溶汇是无法描述的，
最深的痛是无法描述的。

最好的词汇无可选择，
最美的语言不可言说，
最纯净的感受无法表达，
最高的星辰，我们只能仰望。

最美的光芒，我们能用什么语言赞美？

祖国·五千年文化传统
对我意味着什么

在这多元化文明世界的东方诗国
我注定也是异质文化的歌者
五千年华夏文明的陶冶
给了我这样的文化自信、视阈与气魄

我坦然地惊奇，倾心地羡慕
我大声赞美域外风情、文化杰作
我的参照系高远，我非排他性地尊重
我赞赏不同文明的对话、冲撞和融合

五千年文化传统造就了
中国文化的骄傲、文化的谦虚与文化的品格
歌咏民族文化，我是世界文化礼赞者
歌咏世界文化，我是民族文化礼赞者

一种寥廓，一种磅礴
在自我的壳内，来历深处，深埋下预设
仿佛妊娠时就镌刻在脊柱上
一个民族的心理积淀和一个民族的命脉沿革

祖国·想你并且爱

又一个冬日的下午，
我对我爱的人们说：
今晚，节日即将过去，
但是春天开始了。

这样的天气真好，
可以摒弃杂念，专心致志，
可以找到水彩、墨水、铅笔，
可以找到更时尚的东西，
像显卡和键盘，
可以忘掉很多郁结。

任性不是不好，
懒惰不是不好，
孤单不是不好，
虚荣不是不好……
没有什么是不好。
只要你感觉好的地方，
就爱情遍布。

我们诗句是能够让人动情的，

肌肤与肌肤，思想与思想，身体与身体……
我们只能远离欲望和渴望，
我们会等着，不固执也不困惑，
目光不再闪闪烁烁，好吗？

所以，我告诉我的朋友，我以什么在爱，
我的理性和感性，我的声音，
我的打不碎的牙齿，
我的敞开的明朗，我的黯然……
我好，就要你也好，
我圆，就要你也圆，
我很久，就要你也很久，
我许多年，就要你也许多年……

好好生活，好好爱，
我是你所有的白天和晚上，
我是你能够拥有的你能够抱紧的，
做你能想到的能感受到的，
爱你想爱的和能够爱的，
你说，对吗？

我们的节日即将过去，
但是春天开始了。

祖国·我为那些被侵蚀和沙化的土地深深忧虑

还记得童年
在黑黝黝的嫩江流域
县城外
雨季常常泛滥的草甸子旁
有一片黑黝黝的土地

红高粱在风中沙沙地晃动
金黄的向日葵一望无际
纷纷扬扬的花粉撒落
而地头杂草中的野番茄
鲜红的玛瑙般和野草莓簇拥在一起

撂荒多年的地块
耕牛自由地放养
马车留下坑坑洼洼的辙迹
如果雨后
连牛蹄子印窝都会发现小鲫鱼

那片黑土地，印象中永远的处女地
深深地，深深地镂进童年的记忆

那又蓝又绿的土岗

那又腥又香的气息……

我知道，获取的代价绝非一定是丢弃……

祖国·青藏铁路在我心目中

一个实现的国家构思的理念，
一道凝固了的激情与智慧的丝线，
一条磁带，开始录制中的宏阔乐曲，
彩虹状的琴弦。

一把现代文化的铀棒，
一种现代科技的浪漫，
一系列现代事物萌生的原点，
现代美学的凯旋。

绝非仅仅是不冻的信息的河流，
绝非仅仅是力与速度的宣言，
绝非仅仅是北上的青稞酒和仓央嘉措情歌，
绝非仅仅是南下的对雪域高原的神往与迷恋。

一个国度的理想与灵感，
一段彩虹一般的经典，
一种令当下诗神失语的壮美，
一种意义无限的深远。

更多的：我的思维无力抵达、言语无法名状，

假若，我目睹了沱沱河在晨曦中蜿蜒，

假若，我亲历了冻土带的奔驰，

假若，我望见藏羚羊安然穿过关爱的桥涵……

祖国·年轻

空旷的博物馆多么年轻，
飞翔的感觉多么年轻，
你所叙述的紫竹和玉兰多么年轻，
诗、哲学和书籍多么年轻。

那首老歌多么年轻，
树木和它的名字多么年轻，
电话中繁絮的抒情多么年轻，
时间多么年轻。

对视与站台多么年轻，
没有声音的对话多么年轻，
睡梦和睡梦中的呓语多么年轻，
想象和疼爱多么年轻。

沉沉的阴雨多么年轻，
孤独时的轻吟多么年轻，
撕裂的痛多么年轻，
我们使用过的词汇多么年轻。

许多年之后，
你面对的和我面对的，多么年轻？

祖国·我为高性能计算机歌唱

曾经：那些金色未来学家的身影，
在我对中国的想象中，宛若启明星。
那超前的百鸟齐鸣的晨曲，
一直是我平庸诗歌的高亢的引擎。

我情有独钟：膜拜原子模型，
招潮蟹那样把红艳的大螯舞动。
对第三次浪潮的汹涌，
我粗粝的诗歌，急切做出了感应。

那时就坚信浩瀚的中国大脑，
蕴藏着浑厚的潜智能。
那时就坚信，休眠的中国智慧，
一定会在历史给予的时刻蓦然苏醒。

于是，在诗歌的另类花园，我踽踽独行，
我的诗行嵌满加速器飞船基因工程。
在科学的春天和科学的夏天，
我的诗歌自愿成为科学盛典的美学牺牲。

当优秀诗人先锋地内敛和沉潜，

我依然在为升级的中国想象热血沸腾。

我一直激越于中国智力的梦想，

以及由此带来的一系列光荣。

直至今日，当世界在宏大叙事中谈论数字鸿沟，

我最初放飞的布谷，已鸣唱在彼岸的天空。

一幅工具理性的蓝图，

依然是诗歌尖端的风铃。

祖国·相信这条小河必将变得清澈

这条冥寂污浊的小河必将变清澈
它们会回来：那些鱼虾龟鳖和蚌蛤
我们的偏差
我们会矫正
现代文明不是自然的挽歌

我们积极的思维
顺应悖论的法则
如今，那些抵抗污染的语言
水藻一样繁殖
促使麻痹的记忆复活

天堂地狱间踏出的那条路径
依然坎坎坷坷
不过，上帝已经发声
在我们知性的痛处

危害逼迫我们做出抉择和承诺
让绿色成为权威的颜色
所有动机，所有诱惑，都须经它检验
文明的畅想，将被严格证伪或试错

绿色会染遍我们共同的视野
这条冥寂污浊的小河必将变得清澈
无须推翻我们崇尚的礼赞
它将恢复往昔：一曲自然自由的欢歌……

祖国·北方的雪和雪的背后

一种单纯的雪意
使北方默默的夜亦明亦暗，
南方的孩子擎一枚烛火，
想雪，想雪里埋藏的深深浅浅。

雪里埋下童话便是童话，
雪里埋下寓言便是寓言，
又别南方，别南方厚厚的暖意
白雪如羽，如一种随意掩饰着的浅淡。

雪无声，薄薄似散漫的心事，
似某个纯净的永恒或者瞬间。
雪覆盖你旷野中梦的草房，
似南方蒙蒙梅雨中寂寂的孤帆。

离别北方，离别一种寒意和一种温情，
离别一些故事和一个难猜的悬念。
一场雪化了，便有另一场雪在下，
一个梦缺了，便有另一个梦能圆。

祖国·你活力四射

祖国，你活力四射
你的整体和个体、部分与元素，
全部生机勃勃
就像春天，春天的一场雷雨后
憋足能量的胚芽们吱吱嘎嘎地破壳

一阵接一阵：
新萌芽的气息新生儿的气息新词语新思维的气息，
徐徐吹拂或掠过，
把城镇与乡村，心灵与脑系，
一阵接一阵地撩拨。
在你广袤的大地上
汹涌着势不可当的倾向：建设和开拓……

到处都是希望激情的人们
到处都是怀着自利打算或宏图大略的智者
祖国，你春天召唤的儿女就像海洋中的氘与氚
他们聚在一起，
就像聚变的热核

祖国，你活力四射

你是一个掘土机王国塔吊王国蓝图纷飞的王国

地图每天都要重新绘制

你被强大内驱力推动着，

你被大国梦想吸引着，

祖国，你碧绿地雄峙东方，

你以遒劲的青春脉动，

共振于文明世界的脉搏。

思想的春天，精神的春天，心灵的春天，

智能的春天，个体的春天，历史的春天……

多重春天的活力，

驱动着你飞跃的时刻升华的时刻成熟的时刻……

祖国·端午记

端午的时候，灼日寒夜，
三山风薄，一江水远，
日叶正阳，时至仲夏，
端午称为天中，
然而无天。

这一天，一位诗人死了，
死过那么多的诗人，
只有他，死得地冻天寒。
他顺着沅江，向长沙走，
颜色憔悴，形容枯槁，
自知国破，遂自沉于汨罗江，
他死了。

我不想评价那个年代是好年代还是坏年代，
一个诗人以这样的方式死了，
它就一定是一个悲惨的年代。
但这样的年代会被人记住，
它摧残了屈原，也造就了屈原。
我们想象那一夜血雨腥风、乌啼猿鸣，
然而不是，那一夜没有声音，

那一夜之后，再没有了声音。

端午，这个节日是由于一个人，
那残月的夜晚，
我觉得那个人离我很近，
沅江的江水，有隔世的微凉。

"余将董道而不豫兮，
固将重昏而终身。"
他说这句话时声音并不大，甚至是缓缓地，
他显然是想说：我试试，
撕不碎这黢黑的幕布，
就被它撕裂！

今天没有风，风这个词本身就很冷冽，
叹沅江之空渺，
悲楚地之干枯。
哪个时代也没有缺少过写诗的人，
但是缺少用身躯撞门的人，
缺少清醒理性、欲求寡淡、一直用血写诗的人，
我不是，我这一代人，
都不是！

时空博大，人渺小虚无而且瞬间，
记起来 2016 年的时候，
我站在湘江边，想无论这条河是涨满还是干涸，
从远处看，它都平静。
大江大河知道什么时候放纵，
也知道什么时候回头，

不急不缓就浩荡成了经典。
所以，每当看到湘江的时候，
我就强迫自己想：世界是干净的，干净的。

但是不是，但是不是！
这是这个世界的痛点，触碰不得。

屈原太"诗人"了，
——活的写的都是诗人，
勃然大气，飘逸洒脱，
若结局不如此，就不是屈原。
仰天一问，忧心愁惨，彷徨山泽，
望沅水、湘江、汨罗，
看天地、贤圣、灵异……
潇湘九年苦雨，
空有一腔高歌。

至纯至善，必是孤独，
古往今来，莫不如此，
一个诗人的理想主义，
要么最终毁掉身躯，成就文字，
要么把身躯和文字都毁掉。
"沧浪之水清兮，
可以濯吾缨，
沧浪之水浊兮，
可以濯吾足，
遂去，不复与言。"

遂去，不复与言。

遂去，不复与言。
遂去，不复与言！

何问地？何问天？
路漫漫，路漫漫兮……
天地乃不变的天地，
生灵为不息的生灵，
尘世，数百里依旧江水回旋。

我在湘江，看高天明月，
竟仍然是几千年前的模样。

祖国·黎锦仿佛黎家女儿的心田

天然质朴
富丽妖娆
这一方温暖明亮的世界摇曳着
黎家女儿最爱的，蓝靛草

黄色绣上男儿的健美刚强
白色绣上女儿的纯洁姣好
绿色绣上生命的兴旺
黑色红色：庄严尊贵、吉祥如意、驱邪逐妖

听得见黎家女儿们的叹息
听得见黎家女儿们的歌谣
听得见黎家女儿们的耳语
听得见黎家女儿们的爽笑

那织锦的花纹图案之上
隐约可见竹竿舞舞蹈
洇透民间记忆的情爱祭礼
闪动着黎家女儿们的轻盈腰身和灵巧双脚

在生生不息的流变中

把世代的美丽人生固着
在这方温暖明亮的世界
展示黎家女儿们的心意、智慧、技艺和勤劳

祖国·一个小村庄正经历 现代文明的洗礼

默默的，依然像只抱窝的母鸡
老远老远，就飘来麦秸和牲畜的气息
坑洼土路已变成水泥路
可依然沉淀着乡土诗人们的记忆

但这次它的街巷涌动当代思潮和话语
它的炊烟之上多了一抹更广义的云霓
一只羽化的彩蝶在蛹壳中
解构和重构得急遽

默默接受着现代信息的洗礼
默默接受现代观念、现代思维的洗礼
这次它不再假寐，它默默地，欣然接受
所有的这些洗礼

这回它要应验那句民谚：
柴鸡变成凤凰，这回已然成熟：
乡村歌手需要弹奏电吉他
这回要一茬新人迎接太阳的升起

依然默默地承受，文化演变的焦虑

依然默默地耐心等待，默默希冀

但这次田野叙事，不同以往

这次金喜鹊已经做巢，在村边林子里定居

祖国·行走者

依稀天边

暮色中有我

苍茫的眼眸

暮色融融

融进时间和时间之外的所有一切

暮色融融

落日和它的折光霎然铺开

铺向山的顶端和边缘

远山近谷

丛林中饱含的绿意

像人类某一带有浅薄内涵的瞬间

山与山之间是或宽或窄的缝隙

薄薄的日子一天神圣一天浅淡

这时的土地有草或者无草

这时的河水有岸或者无岸

这时有一片浅草衰去

便有一粒草籽刚刚泛绿

这时的一种恬静

常被另一种恬静感染

而这个影子依然在空旷的大野中行走
行走本身便是归宿
便是活着和再活下去的一种祈盼

我曾把一切背负
抛于身后
而我或许又会把一切背负
放置在前
走吧，走不出大路
也要走出小径
走不出幸福
也要走出苦难
其实命运已经注定
这个影子在哪个瞬间倒下
一掬泥土
成为我们永恒的草房
和栖身的彼岸

行走者望天边暮色
暮色如梦
梦亦浅淡
任何行走者
都不会得到
别的行走者的幸运
而每个行走者
都要承受
所有行走者的苦难

走吧，走得通是路

走不通是墙

岁月如纸

风声如歌

所有亮色

都是行走者的太阳

抑或辉煌抑或黯淡

依稀天边

暮色中有我

苍茫的眼眸

一些暮色沉厚

一些暮色凄怆

行走者呼声相应

似近似远

暮色融融

融进十指般的道路和草尖和掠过的鸟翅

所有的沉重

和那个背影一起

掠过山的边缘……

祖国·载人飞船把一面联合国旗送上了太空

只有抵达这样的高度
才会萌生这样的感悟
在挣脱地球重力的太空俯瞰
生存哲学的真谛：整体超越局部

银河的寂寥深处
我们把共同的方舟摆渡
那覆蔽尘世喧嚣的
是我们共同的孤独

向着永远无涯的宇宙
怎能单纯执著狭隘偏私的事物
除了人类共同的诉求
还有什么面对上苍的嗫嚅

祖国哟，在民族国家科技荣誉的巅峰
你的最高理念超越了国家民族
你的宽广胸廓同时关切着
世界的自由与幸福……

祖国·哈尼人的长街宴

这长街的盛宴，
这融洽的狂欢，
这哈尼人的美妙习俗，
都缘起于周边连绵的梯田。

浓雾烟岚游移中，
隐约可见山神的衣衫，
但连巫师也搞不清，
山神怎样操纵山水的循环。

远方客人的款待，
乡亲邻里的叙谈，
这哈尼人的纯朴民风，
都缘起于周边连绵的梯田。

以为这是抽象派绘画，
以为这是后现代诗篇，
但哪一种解读都指涉，
原生态的安然与安恬。

这传统沿袭的长龙宴，

这山神赐予的水梯田，
这哈尼人辞旧迎新的篝火歌舞，
缘起于文化个性魅力的斑斓。

祖国·太阳的经历

风暖风冷，
云短云长，
你一如圣音一如哲人睿智的思想。
季节圣洁而灵透，
世风随意而坦荡。

河有时狭窄有时宽敞，
山有时奇秀有时莽苍，
沉沉浮浮，无大喜亦无大悲，
永远重复又永不重复，
又是黯淡又是辉煌。

应该记住的是太阳本身，
无需记住关于它的所有想象。

祖国·我们以不同方式把你热爱

我们在沙漠栽沙棘，
我们在平原种玉米，
我们在丘陵植树造林，
我们在滩涂耕海养鱼……

有人用新锐的思想，
有人用沉雄的膂力，
有人用深刻的礼赞，
有人用至诚的忧虑。

有人用平淡的生平，
有人用惊世的壮举，
有人用名垂青史的荣耀，
有人用形形色色的悲剧。

我们都像原野上的朽木与新绿，
我们都像当季的鲜花与荆棘。
我们声调不同，唱着五颜六色的歌，
我们都是唱给，脚下圣母般的土地。

祖国·即使……

你给我的爱无边无际　重要无比
你的温煦在我胸口凝聚
我是你的宠儿
我一直这样自诩

即使有一天你的注意擦过我肩头投向新生代云雀
我对这份珍贵的宿命之爱依然忠贞不渝
还不曾有一种力量能淡化
这血缘的默契　脐带的维系

依然忠贞不渝
即使有一天我羁旅他乡　天涯浪迹
即使有一天心灵自由飘飞
另外的范畴壅塞了视域

即使有一天　天下大同
你成为人间乐园的一隅
我将成为这美丽世界的歌者
但对这份珍贵的宿命之爱　我依然忠贞不渝

祖国　你给我的爱无边无际　重要无比

祖国　我对你的爱　矢志不移　忠贞不渝

这珍贵的宿命之爱　上苍赐予

赐予我回答这样的提问：这只云雀来自哪里？

祖国·黄鹤楼

龟蛇之间，此楼雄峙，
融巴山群峰之神韵，
纳潇湘云水之精髓，
隔两江而俯瞰三镇，
一楼巍耸，
四望归一。

登临此楼，无文无诗，
诗文已被前人所穷尽。
看那江汉平原，
激情动感，一派生气，
长江似血脉，
润泽三楚。
一桥蜿蜒，
似为此楼舞起的彩带。

被你融化，
被你迷蒙，
被你迸发，
被你温情。
黄鹤一振翅，

冲云入九霄。

岁月千年，
漫天辽阔。
欲在此楼轻歌曼舞，
张扬一场放纵一场，
极尽人生。
夏夜纷繁，
凡尘迷乱，
我要做你静静的，
狂放中的处子。

黄鹤楼。
唯有此楼，
才能把天下的月色，
尽揽入怀。

祖国·当下乡土诗的超现实主义

小村的狡黠颇像她旁边　高速公路立交桥
那些金龟子一类的甲虫　仿佛鼠标
金黄疏朗的核桃林在用超声大合唱
向日葵如醉如痴
在上午的光中　艺术得梵高

田野已经屏幕化　任由谁来放映自己的想象
静静的胚芽里　鬼祟着基因的喧闹
从城市和工业反哺的乳汁里
发展主义佩戴上生态主义草帽

奶牛成为产奶机器的零部件
苹果俨然一种智慧设计的符号
所有作物都面临着荒诞和荒诞的危险
绿色涂抹着心灵驿站的广告

科学作为世俗神祇供奉在市场经济的庙堂
地球村的电波吹拂着庭院欲望的树梢
渐成耗散结构：有形无形的涌出涌进
似乎最终还得由一位乡村女孩
发放新伊甸园的门票

祖国·我的骄傲

这种情愫无须诗神的酿造，
它独自燃烧，
在现代民族国家的基石之上，
我以身为中国人而骄傲！

不充足的理由也成立——
因为这广袤的锦绣河山、家乡冈坡茂盛的草，
因为这公民的法定权利和自由，
因为这本土文化的浸润与熏陶……

为了一起奔放的同时代人，
所有激情着的同胞，
特别是相识的普通百姓，
同事与邻居：他们和善的微笑……

一个全面复兴的国度，幸运之星，天佑之神，灿烂辉耀，
人与文明，同步升华，
恰适春天：雨泽丰沛，光照充盈，生机明了。

有那么多的梦想，
激励我们歌唱和思考，

无须"国民幸福指数"的度量，
我们自觉生活得美好或者不美好。

犹如一个俄罗斯诗人挚爱他的俄罗斯，
犹如一个爱尔兰诗人歌唱他的爱尔兰，
在今日之世界，
我以身为中国人而骄傲！

祖国·诗人的职守

我们把天窗开得高高，无掩无遮，
那里哲学很稀薄。
但是，诗人的桂冠，
意味着一种职守，
我们狂热于人生的欢乐，
执着于意义的建设。

摆脱不掉个体的愁烦，
几分窘迫，几许惶惑。
但是，诗人的桂冠意味着一种职守，
我们蓬勃于精神丘陵的阳坡，
阳坡刚毅的白果。

一切都是必然的，
路的尽头：田畴毗连荒原，
荒原毗连沙漠，
但是，诗人的桂冠意味着一种职守，
我们宁可假设：
翻越这些阻遏前面就是天国。

焦虑寂静无声，

上苍的邮差已经好久未从门口经过，
但是，诗人的桂冠意味着一种职守，
我们愿在宇宙终极虚无的背景下，
礼赞现代精神的花朵。

祖国·星的故事

我们因此而注视
夜空

作为单纯的存在
它在一种想象中
闪烁自己
始于夜而终于夜

星群是一种景观
某一颗星也是一种景观
而且，很难说
哪种存在
更接近于
完美的存在

其实完全没有必要
赋予它一些故事
制造它的故事的人
仅仅是在
制造自己

或许一些星星

曾在你的记忆中

存在着

由于你的忽略

一颗已经消逝的星

便成为

你头脑中的永恒

我确实真切地感觉到

当我在暗夜中抬起头

寻找的绝不是博大的夜空

而是微不足道的

星星

祖国·西藏的牦牛

在我的朝拜与雪山之间，
青铜铸造的高寒草原，野花点点，
一头牦牛的角上，静卧着
祖国高海拔的闪电。

一边是钟鼓磬钵悠悠，
一边是藏戏喧喧，情歌绵绵……
这头牦牛的蹄子默默踩着，
梵宇与人间的临界线。

布达拉宫金顶之上，莲花朵朵，佛光潋滟，
拉藏江边柳林里涌荡着，快乐尘凡。
这牦牛知道谁是神的差使，
但它一直缄口不言。

永恒元素，继续着永恒，
嬗变因缘，延续着嬗变，
这片圣土的所有守望与沧桑，
都在它的魂魄中蕴涵。

怎样的激情能在空灵中燃烧，

怎样的禅思能阐释苍茫恬淡，
怎样的血肉能荷载原始的神性，
怎样的骨架能撑持这神性的气象万千。

祖国·我们与世界

祖国，你把一棵新世纪的智慧树栽上，
在人类精神花园的中央。
它通体澄澈的淡绿，
高过地心引力，
它五颜六色的叶子
像五颜六色的旗子一般张扬。

所有的鸟都愿落在它的枝丫，
并在枝丫上做巢，
所有的花都愿嫁接在它的枝丫，
并输入自己的芳香。
它的出现就是一个新的世界日，
它吸引并提升了所有仰望的目光。

它的旋律，
立刻激起，所有语言和煦的荡漾，
它的烁动，
立刻融入地球人内心的暖房。

在百花盛开的人类精神的花园，
这新世纪的智慧树，

凝聚了全人类最崇高的思想。

那高入云霄的智慧果，

引导人类飞翔，并获得超越各自观念的信仰。

祖国，你最先把新世纪的智慧树栽上，

在人类精神花园的中央。

这棵智慧树也是生命树，

供向往乐园的人类围绕着它，

手拉手地舞蹈和歌唱。

祖国·侗族的风雨桥

这边钟鼓楼，
那边山野秀。
这边到那边，那边到这边，
风雨桥上走一走。

我们知道桥的那边好，
期许的幸福在招手。
多声部的侗族大歌在迎接，
蝉儿守望的果子挂枝头。

我们知道桥的这边同样好，
这边多情的侗笛声悠悠。
从那边走向这边的人们，
同样把期许的幸福来寻求。

全部的奥妙在桥上，风风雨雨走一走，
才好品生活滋味，悟人生感受。
紧走慢走，直走曲走，悉听尊便，
可聪颖的侗族姑娘笑着劝：莫回首。

祖国·关于国际热核聚变试验堆

每当徜徉海边，
都会想到氘氚。
那美妙的热核聚变反应，
那一级有前途的无限丰富的新能源。

知道玫瑰和田园才是诗歌的好题材，
想成为诗人就得专注于技巧和语言。
但我志愿兼职科学的歌手，
并强行把一枚原子模型，铆进诗笺。

祖国，我一直怀着偏执的狂热，
揣摸太阳发光的机理，眺望月球的氦Ⅲ，
鉴于矿物能源可预见的枯竭，
我对可控核聚变的想象，愈加浪漫。

如今，我更要提高歌调，
为你走上高能物理实用研究的前沿，
为你在国际热核聚变试验堆俱乐部，
有能力把地球责任承担。

而这又拨动心中，

另一根泛绿的琴弦——
在人类共同探索重氢奥秘的进程中，
你展现出中国精神的新内涵。

那滴重水映照出，中国精神的海洋，
以及中国精神中，那超越民族国家的浩瀚——
为人类的未来布设灯塔，
为人类的福祉织出彩线……

祖国·罗布及楼兰古城

那飘忽的女郎偶尔闪现，
那被风沙卷走的乐声，
偶然荡在心间。
望着半裸的残垣断壁，
总禁不住把若有若无的楼兰故事杜撰。

一段历史过去，
一座城市湮灭，
有一种无情的力量，叫做改变。
但往事似乎总像地下长眠容颜不改的女伶，
耐心等待着某种呼唤，
或是某个庆典。

依然有人坚守残存的绿洲，
依然有人坚守荒废的客栈。
因为有一种有情的力量，叫做改变，
一滴天庭的甘露，
罗布泊就会重新水涟涟。

一再想象丝绸路上那谙熟野骆驼的人，
说不定何时重现沙漠荒原。

他找到罗布之泉，
走进骤然复兴的楼兰，
他的到来，唤醒楼兰女子，
以及楼兰的歌舞和管弦……

祖国·无名湖

我把你称作湖，是由于我爱你，
我爱的时候就把你无限放大，
放大你的清澈你的安然，
放大你微小的绿意，
我会把想象变得无穷大，
大过苏必利尔湖、密歇根湖和贝加尔湖。

沿岸是黄色的土，
有青草覆盖，那些青草是野草，
它们今年枯了，明年又青。
那些草都有名字，很土的名字，
你一听那些名字就知道，那就是它们。

村庄在很远的地方，
炊烟飘不到这里，
可这里的水一动，鱼一动，
还有声音一动，
孤单的影子一动，
就会觉得这里好有人间烟火。

我也曾经在傍晚看到过它的脆弱，

风一吹，它就破碎，
但瞬间它就自愈，
我看着它的波动和喧嚣，
但你阻止不了它的平静。
无名湖，大泽蓄水，也蓄情。

我不说你的名字，
记得你的表情就够了，
无名湖，有一些生动的人，
无须名字。

祖国·意义

有时候，生活需要谈论和解析
有时候，精神需要填塞，理念不能缺席
祖国，风吹不走我们
因为你那超牛顿的引力

由于脚掌下的火花
不论如何漂泊，重心永不游离
不论亏欠多少，都不会空如蝉蜕
更不会颓然老去

不论任何一种生存
生活怎样的慢待、捉弄和扭曲
即使仙子掷来的鲜果烂在抛物线上
我们依然能维持心田的碧绿

即使像片枯叶，凄凉飘零
依然能感到亲切踏实的皈依
更莫说仰望时触及感召的力量
就像电流通过身体，阳光渗入身体

啊，祖国，我们沉溺于庸常的生活

追求着浮世幻影：情爱、财富、艺术、荣誉

再多的拥有，都不多余

但即使缺少这些

我们依然充实

只要心中充盈着更广阔的意义

祖国·塔克拉玛干沙漠速写

我们驶出一个科学灵感的豁口，
在塔克拉玛干沙漠漫游，
绿洲之间，林带纵横，
树种不仅仅是胡杨和沙柳。

风蚀的石质戈壁之上，
风电机组一片片，望不到尽头，
那些长了见识的鸟儿飞得高高，
不受这种森林的引诱。

前边突然出现的城市，
宛若童话集插图中的城堡，人文锦绣，
也有水波潋滟，
但那不是海市蜃楼。

绝妙的是那些聚热发电的巨大凸镜，
覆盖了一个个新月形沙丘，
它们把收割的阳光，
廉价地加工成绿色电流。

随后，我们驶进一座雅丹地貌公园，

一位生态学家正为沙漠的最后消失忧愁，
不过，还有一群引吭高歌的人，
他们演唱的歌曲是：美好的遐想绝不荒谬。

祖国·半坡遗址

从陶窑烟囱窜出的火星，
穿透堆积万年的文化层，
告诉我们地下有一个村落，
一群勤快的工匠还在劳作不停。

这个久违的村庄依然活跃，
只是在某个黄昏误入迷梦，
仿佛拂晓的金光一旦镀亮谷穗，
村落立刻就会响起犬吠鸡鸣。

那些安息在氏族公共墓地的骨殖，
似乎尚未耗尽生活的激情，
如今，他们无法追踪的血脉，
还在大地上蔓延汹涌。

溪边汲水的女孩情窦初开，
陶罐上的鱼形纹令她心神不宁，
不过，在她转身上坡的一瞬，
就从此永恒的，一动不动……

祖国·祖国各地

虚掷光阴，蹉跎岁月，
一晃秋风起，
可有一个愿望一直未放弃。
从北极村到南沙，
从雪域高原到东海，
我要游遍祖国各地。

我要游遍祖国各地，
重蹈前辈苦旅，重访先世遗迹。
在山山水水间流连，
在城城乡乡中游弋。

在城城乡乡中游弋，
像个行吟诗人那样浪漫一气。
我要给每个地方都写一首新诗，
然后出一本叫做"祖国诗篇"的厚重诗集。

然后出一本叫做"祖国诗篇"的厚重诗集，
平日或节日，人们都会朗诵其中的诗句。
而我之所以久久未能成行，
只因为我有两个难题和顾虑。

只因为我有两个难题和顾虑，

第一我的国度处处旖旎。

第二我的国度如此广袤辽阔和深厚，

我要走遍写遍，需要付出我的所有粗犷与细腻！

祖国·新的太阳，升起

祖国，新的太阳，升起，
你的新太阳，冉冉升起，
那青翠的波粒，汹涌而来，
浸漫你丰盈的大地。

辉煌璀璨，芳香馥郁，
新的太阳，引唱新的歌曲，
东方的新太阳哟，
冉冉升起，普照寰宇。

中国的新太阳，世界的新太阳，
同一颗新太阳，冉冉升起，
那杏红的波粒，
汹涌而来，
带来新的活力。

科技智慧的新太阳哟，冉冉升起。
哲学思辨的新太阳哟，冉冉升起。
自然伦理的新太阳哟，冉冉升起。
文明启示的新太阳哟，冉冉升起。

新的太阳升起，
人类共同的新太阳，冉冉升起，
祖国，在那鲜嫩的日轮上，
你刻上了自己。

祖国·我有时这样想

上苍给我锤子，是叫我了解铁的性状，
上苍给我镰刀，是叫我享受晨曦和朝阳，
人生的跌宕起伏，梗概与细节，
上苍早为我安排妥当。

哟，这黄色皮肤，黑色眼睛，
显然是刻意的安置，宠爱的偏向，
上苍为了我的茁壮丰饶，
特别把我栽在这中华文明的沃壤。

上苍让东方精神沤透我的魂魄，
是为了我能吸取地域灵感的滋养，
上苍把我放到当今时代，
是为了给我跨文化的视野和目光。

而这更是由于上苍的垂青，
在当代哲学悖论的失语中，引领我歌唱，
上苍纵容我僭越缪斯的篱笆，
是为便于我的心脏同步于祖国的心脏。

上苍早为我安排妥当

给我琴，给我号，是要我演奏现实的乐章，
我的一切，坎坷与幸运，笨拙与精彩，
都是上苍赋予的恩赐、信托和嘉奖。

祖国·冬日的下午听 《史卡保罗集市》

你正要去史卡保罗集市吗
欧芹、鼠尾草、迷迭香和百里香
代我向那儿的一位姑娘问好
她曾经是我的真爱……
——英文歌曲《史卡保罗集市》

在午后阳光的声音里，
亲爱的，我在听。
好像真的有一个浪漫古朴的集市，
那里的雾从来都是浅浅的。
我和你趁着早晨在那里穿行，
你胳膊上的篮子里放着果蔬、野菜，
豆米和花。
我的真爱……

我好像看到了，
那花不是鼠尾草、迷迭香和百里香，
是牵牛花、马齿苋和蒲公英，
清早的晨露落在你的脸上，
不热烈的阳光让你红润，

是早晨的红润不是夜晚的那种红润，
我的真爱……

我知道你会把豆米煮熟，
你会让篮子空空的，
果蔬你用清水洗去泥，
野菜你种在院子里，
那些花，就插在屋角，
然后它们会肆意地开着，
开着开着就香气烂漫，
我的真爱……

没有走远，我就在你的身边你的唇边，
我听着你的歌声，
你看那感性的雪花儿一落，
春天就又来了。
史卡保罗集市，
我的真爱……

祖国·跳芦笙舞的苗族小姑娘

一朵山花初绽，
又淡雅又娇艳，
她的盎然意趣，
美化着祖国的村寨与山峦。

欢畅轻盈，
摇曳不停，
她的节拍和神韵，
悠扬着祖国的风。

清纯朴拙，
仿佛造物主的原作，
她的斑斓彩色，
丰富着祖国的泥土与光波。

又芬芳，又嘹亮，
雨后初霁，水汪汪，
她的如梦如幻，
寓意着祖国的气象祖国的广阔。

祖国·植物记

许多事物，许多词汇，
是无法解释的。
比如关于那些绿色的，关于那些植物的，
属于它们的一个词叫作："生长"。
我看着眼前的绿色，
就觉得它们是那个包容量极大的词汇的全部，
就觉得，单纯地有点儿木然地望着那些叶子那些草，
是对它们最复杂最丰满的诠释。

"如果你看到一首诗像花草一样长出来了，
那么你可以断定它是一首好诗。"
惠特曼的这句诗，曾打动过我。
草坪上新铺了青草，
那些草长起来之后，
就不怕寒了，它们相互挡风。

那些绿色紫色粉色，
我们复杂，而它们清纯，
它们一年繁似一年，
年龄大了也就知道，
其实人的生活如果是植物那种简单的方式，

就是最完美的境界。

植物，它们可爱，
喜欢它们没有什么更深的缘由，
就是由于它们可爱，
这个词中几乎包含了对一种事物的所有爱恋。

"蒲草没有泥，岂能发长。
芦荻没有水，岂能生发。"
纯净，干净，就萌发，
春天，植物和良善就一起萌发。

很深的夜里，听到《雪绒花》，
如果再能听到一首《红河谷》，
那夜晚的花，就都开了。
天好黑啊。白天看到的一些印痕没有多深，
风一吹夜一遮就消失了，
那些浮浅或者深刻的印记再也找不到，
留下的，季节的青涩一夜间就将它覆盖。

沧桑阅尽，依旧繁花。
植物多好，它们与那些小生命在一起，
或蝶裳轻舞，或草长莺飞，
有相同的懵懂和萌动，
有相同的不安和安然。
人不过百年，有时不如一树，
不如一树的从容与深重，
不如树的静气。
那翠盖的遮覆何止一时何止一人，

或者常绿，或者枯黄，
总是在另外一春尽染层林。

植物之心，良善、清朗，
也纯粹，也广博也坚韧。
所谓人间，无非枝叶，
无非浅草，
无非微尘。

春如常，
叶如常，
飞絮如常，
世事亦如常。

祖国·我心中有一座无形的殿堂

我心中有一座无形的殿堂，
胜过世上所有殿堂，它金碧辉煌。
并且意大利万神庙那样，法国先贤祠那样，
充盈着，崇高的豪情，至上的荣光。

高入云霄的无形的方尖碑耸立在周围广场，
无数无形的花环，上空飘扬。
无形的乐队，无声的乐曲，
日夜庄严地回响。

无形的银杏树簇拥，
在我公民意识的珠峰之上。
我将倾注一个诗人的全部才华与热情，
每逢节日，把他们歌唱——

我将采撷诗歌的四季鲜花，
为他们的灵魂祈祷福祥。
在这无形的殿堂里，凡为民族奉献的人，
都有他们无形的雕像。

祖国·智力活跃的人民

中国脑，天宇星云，
最遥远的那一片
中国脑，量子世界，
最浩瀚的那一团
中国脑，沟回里流淌着银河水
中国脑，伊甸园的新苹果，
挂满神经之树

中国脑，青翠欲滴的种子库、基因库
中国脑，风一吹就花粉纷飞的夏天
中国脑，萌芽般蓄势待发的活力场
中国脑，响起雷声立刻迸发的葳蕤与弥漫

蔚蓝蔚蓝的海洋
蕴藏着能量无限，其中的氘氚
其中的光及其热
或然的裂变和聚变

中国脑，中国思维的魔方
中国脑，中国盒子，
剥不尽的同心圆

中国脑，富饶的沃土
中国脑，未开垦的处女地，
无际无边

自由思想和自由精神的圣地
创造着无限可能性
创造着东方智慧的迷宫和东方智慧的答案

祖国·壮乡

山青青，水悠悠
竹筏，岩画，绿平畴
空气中均匀的沉静和恬淡
风土惠泽的灵秀

浓情的高调山歌
怀春少女的绣球
展翅的壮锦，黑色的美
老人的天真，那穿越沧桑的满脸褶皱

热闹的圩日，昆虫宴的酒楼
柔韧的，对生活的沉溺
好客的壮家儿女笑得明朗又亲昵
他们几乎要把整个林子的桂圆，
全部砸向我的头

祖国·你的目光

你的目光是湿润的傍晚
是密闭的小窗中挤出的微光
是狭小的空间里伸出的祈盼
是已知和未知的结局
是艰涩或直率的预言
是顺导车轮的轨迹是放逐帆影的锚链
是白描是写意是情节是一纸苦苦涩涩的短笺

你的目光是湿润的傍晚
是生日的烛光是阴郁的雨季
是冻结心的寒霜是焚毁情的炽焰
是早熟的梅果是深海是岸
是玄奥的题解是肤浅的水面
是几片冬雪纷纷扬扬
是一层雾霭近近远远

你的目光是湿润的傍晚
是箴言简单的注释是经典动感的封面
是零乱的色块扇动的羽翅跃动的琴键
是稚气的童谣幽深的小巷
是一节断断续续的丝线

是回忆是感觉是体验
是午夜钟声久远的回旋

你的目光是湿润的傍晚
这一瞬，世界上最多的是语言

祖国·西部

在一个伟大进程的黎明时分，
到西部去，带着我们的文化乐谱
去演奏，那片神奇的自然圣地

带着我们的哲学、科技和艺术
带着我们的眼光、视角、强度和频率
沿着我们认定的通往碧绿的思辨的小径
去播撒意义，发掘意义

逆着沙尘暴吹刮的方向
去践行金色未来学者们的梦呓
用我们幻想的逻辑，我们的理念
唤醒那里轮廓清晰的理想主义

让丰富的自然资源点石成金地成为财富
让缥缈的海市蜃楼具体可感地成为实体
怀抱梦想的人们，到西部去
实现一个梦幻般的奇迹

让我们成为西部构成的最鲜活的要素
让我们成为西部话语的中心主题

在我们出发的地方，我们抵达的地方
让拓荒者的大理石纪念碑和青铜雕像当然地耸立

凭着对祖国的爱，个体生命的张扬
让我们去装点，去催化，去升华，去干预
阻止那沉沦坠落的事物沉沦坠落
加速那来临隆起的事物，来临隆起

到现实与梦幻共同鼓动的西部去
到自然与人文和谐发展的西部去

祖国·我心中涌动着三股激情

我一直热衷于生命的表达，抑或表达生命
来自无穷深的七彩生物钟声
和莫名的思维的奔涌……
我想呈现，我感知的诗意世界的风景……

祖国呀，我对你的爱与日俱增
岁月使这爱飘忽变笃重，混沌变清澄
爱你，向着光，开放的不嫌的怀抱
最卑微的一棵，野草欣欣向荣……

我一直沉浸于想象人类的未来
对自然奥秘，满怀求解的热情
有些……黯然神伤，有些……欢欣松弛
相信山重水复，总会柳暗花明……

这似乎已经足够，足够我把存在背景的
深广虚空，有效地充盈
而在精神天地的飞行中
祖国，对你的爱，一直就是主引擎

祖国·纳西族东巴教的神灵

我同样地尊崇
纳西人那主宰万物的神灵
我的全部脏器体液，我思维轨迹的终极旨归
我狂野的春天，都与东巴经的精神共鸣

在心灵私密的某处地平线
我也崇拜青山绿水，崇拜风火雷霆
在东巴文象形表意的符号面前
我信奉——只有原始的：永恒

同样的顶礼膜拜
只是祭坛的地方不同
一个在民族宗教文化的奇葩里
一个在个人书写的颂歌中

一个生活在代代相传的自家神灵的庇护下
一个一直沿着思考感悟的小径踽踽独行
一切自然要素，我都虔诚敬畏
在我诗歌的神谱里，浮动着它们的形影

祖国·这些文字

我不由自主地，
便会喜爱这些文字，
比如"善良""圣洁""永恒"。
而有一些文字很诱人，
但总不能给人美感，
比如"金钱""交易""欲念"。

还有一些文字，我们竟然可以
把它们当作有生命的存在，
比如"想念"，或者"真纯"。

我常常淹没在一些
美好的文字中，
那时，你会发现，
所有好的想象和期待，
都是真的！

祖国·塔吉克族之鹰

因为最短的距离是牵念
推开西窗，就能望见帕米尔高原
祖国氧气最稀薄的海拔高原
塔吉克雄鹰，静寂地盘旋

传来纳依短笛[①]的悠扬
传来热瓦甫六弦琴的缠绵
塔吉克雄鹰灼热的血脉中
库尔察克[②]的精神，像叶尔羌河闪闪潺潺

骁勇而且矫健
自由翱翔于雪山
塔吉克雄鹰，施展了怎样的魅力
使天使般的塔吉克姑娘们歌唱不止，妩媚翩翩

因为最短的距离是民族家庭的亲密
推开西窗，世界屋脊就映入眼帘
而且最令祖国骄傲的塔吉克雄鹰
立刻飞进了我讴歌祖国的诗篇

---

① 纳依短笛：由鹰翅骨制成的短笛。
② 库尔察克：塔吉克民族英雄，清道光年间曾为保卫塔什库尔干浴血奋战。

祖国·那大雁

秋高南行，春暖北飞，
那大雁，知道人生在世，
其实终为一人，
所以人形一形。

前行者遮挡风雨，
后来者因时而动，
仁心恒信，近远高低，
高天的那些大雁，
它们不是为了让人看见，
而是为了生存。

不知去岁雁阵，
今年如何北归。
天一会冷了一会又暖，
雁一会北了一会又南。

苔原冻土，四野凄草，
在天在地，不喜不悲，
春为柳意，秋乃雁天，
大雁不独活，

且辽远，此行彼行。

风动振翅，星寒早栖，
头雁更替，队形变换，
渺茫一粒，连缀成行，
叹三春雁去，一秋人老。

无所有，亦无所无。
秋高远，雁阵惊寒。

祖国·佤寨木鼓声

把牛头和太阳涂在脊背
然后去砍红毛树
或远或近，这里那里
都有敬畏和膜拜

那些跳木鼓舞的佤族妇女
给佤寨带来福祉和风情
一个故事，因悖谬而生动
有时，陡然生动到澄明的极致

其实，不同的文化族群间
快乐地战栗和愿望的迷离，没有什么不同
所有被信仰的器物
都能给不安的灵魂以抚慰

神为笃信者铺路
留有另一种可能性
只要敲响木鼓，或点燃火把
祈盼的，就能得到

当依附神性的鼓声沉落远方

幸福就会接近最具体的事物
即使无节制的心思
也开始变得简单和平实

不论用藤绳，抑或金锁链
拉回的，都是庇佑恩泽
五谷丰登，出入平安
和对生活的一往情深的热爱

祖国·滹沱河沿岸

滹沱河沿岸有两种颜色，
绿色和金色，
那两种颜色中，
有无以言说的人生起伏。

绿色在春季，金色在夏天，
夏天的时候，
麦子熟透的时候，
布谷鸟的叫声吸天纳地。

滹沱河沿岸。
人们静如止水，心若青铜，
平日里，你听不到平原上有什么声音，
出生、长大、老去，
在阴晴里，在悲欢里……

草枯了，明年再长，
火熄了，瞬间重燃，
滹沱河的坦荡是出了名的，
什么时候他失态过，没有，
什么时候他轻浮过，没有，

也许有很脆弱的夜晚，
但沿岸的人声不断灯火不断，
滹沱河的水，就不会断。

有久长的抒情，有神秘和记忆，
夜笼罩着滹沱河油画般的身体，
爱你的时候，
我从孩子竟然又长成了孩子。

天人兴盛，鸡鸣长啼，
滹沱河沿岸对于一些人是景致，
而对于我们，是神灵。
经常想起一些恒久的事物，
它成为这里的树木、河流和土地。

已经过去的和即将发生的，
都在滹沱河的淌动中流逝，
我们终将沉默，
而滹沱河，依旧无限、无言，
并且永不止息。

祖国·田间一村姑

她不知道自己多么妖娆丰富
她不知道周边世界都在注目
田鼠细碎，麻雀叽喳，
可所有的哲学都喑哑
她在春天的边际修剪果树

从那静寂的枝头
能听到微风捎带的福音的传布
在她脸颊泄露的心念里
在她的岁月之外
再也没有需要抵挡和抵达的事物

在城市的白日梦里奔突泛滥的欲望
离她很远的地方都萎落倒伏
在她自然纯朴的头顶光晕
根本就没有尖锐的精神挣扎和灵魂的救赎

她的一个最简单的想法和动作
就能填满一个人一生的空虚甚至虚无
仿佛医治世界病害的处方
她那掠过睫毛的无意的浅笑

已经给出

冲淡许多意义
加重许多意义
她的红纱巾、布围裙、扬尘的脚步
当她弯下腰来清理枝条
最凌厉的困扰已被消解
最异己的力量已被征服

她不知道生机盎然的时光
从她胴体穿过
她不知道自己就是酝酿怒放的果树
她不知道她在元生活的明媚里
她不知道她荷载着祖国本真的元素

祖国·呈上关于幸福感的自我报告

你给了我你的全部
你给了我无穷大的自由，无限小的约束
我是你全力供养的坐果的枝
我是你倾心培植的抽穗的谷

我感到无穷无尽的快乐
我感到无边无际的满足
对大地的温馨对太阳的照耀
对你的慷慨回报就是幸福

努力把根须深入，直至熔岩的能量
努力把叶片展开，直至银河的雨露
通过宽广的热爱，清洁的欲望
努力充实迎面扑来的季节和年度

祖国哟，丰盈你的怀抱升华你的眷顾
对你的给予，回报就是幸福
我把果子堆得高高，我把谷子囤得高高
它们的尖顶，标示我的……幸福指数

祖国·岁末

是该到今岁之末了，
地远天高。
细雪纷纷，枯叶淡淡，
曾经经历的一切，
渐远渐遥。

街衢寂寂，行人匆匆
季节和岁月潦潦草草。
辙印曲曲，往事依依，
雪落雪化，风起风停，冰冻冰消。

腾腾地热结雾成露，
悠悠世音不沉不燥。
心坦坦，日子坦坦，
情寥寥，欲望寥寥。
天之一瞬为世，
世之一瞬为人，
人之一瞬为诗，
诗书天之长长短短，
诗书世之断断续续，
诗书人之生生死死，

浩瀚人海，
最终仅剩轻轻的，
一声窃笑。

是该到今岁之末了，
地远天高。
雪落因为有雪，
风吹因为有风，
何需玄玄奥奥。
月冷月清，云静云动，
万世不过一日，
由短见长，自大见小。

岁末，落雪纷纷扬扬，
最不该去想的是：
哪场雪应该记住，
哪场雪应该忘掉。

祖国·基诺族基诺山乡普洱茶

如果你在世界漫游
干渴时，一定会受三种饮料的引诱
——淡淡的清香的香茗
酽酽的咖啡和可可

如果你循着咖啡的香味寻去
你就会走到茜草科的非洲
如果你循着可可的香味寻去
你就会走到梧桐科的美洲

如果你循着缥缥缈缈的香茗香气走
你就会走到山茶科的亚洲
而在亚洲的中国
你会看到最优美的茶园、最优雅的茶楼

如果你饮遍了中国茶
你一定会尊普洱茶为茶中的皇后
你一定会背起行囊到西双版纳
看看皇后的故乡，怎样的天地造化、人工锦绣

不过你很可能发蒙在普洱河谷

认定隐形的神灵操纵着那里的物候
你还会觉得普洱茶品味的秘密就在于
采茶的基诺族女子都有一副原生态歌喉⋯⋯

祖国·裕固族的牧民小院

这是祖国肃南
一幅新闻照片
几缕意义明晰的现代之光，聚焦在
一座宽敞的裕固族牧民小院

小墙、红砖、褐色的陶瓦房檐
女主人在屋内，一角天空淡蓝
在略显单调和空洞的语符里
生活的韵味饱满

向来懂得幸福的裕固人
此刻没有什么比电更近也更遥远
两个男人迎接日子的新元素
他们在窗下摆弄着太阳能电池板

肯定是这样
背景漫布在图片外边
譬如，水草丰美的祁丰草原
连绵静穆的祁连山

此刻光照很好

生活正现代性地改变

昔日的丝绸古道隐约传来

传说中的天鹅琴声：复述一个民族的吉言

祖国·雨后春笋般的小城镇

这里更适宜居住
簇新的小区楼群有紫荆
蔷薇以及奢侈的绿地
似乎只需再跨前一步
就进入了民间传说的仙境

对这高频率的到来与消失
人们渐渐习惯，不再好奇
只有当梦见往昔旧宅，温馨的灯火
那种失落的寂寥
才一次次冲刷心中递减的喜悦

但什么也扼制不住现代文明的冲动
一些重型机械横蛮地为新理念着床
挖掘机和搅拌机的嘈杂
无情改变着原来乡野的格调
着装时尚的妞们像阵阵开河的风
使无法更换想法的人陷入旋涡

仿佛被外部的力量胁迫
却是内部逻辑的春华秋实

现代人类智慧的因子，都聚拢来结晶
黑白未来学的目光，都投过来的目光
纠结着深沉的热望和忧虑

狂飙突进交织传统回归
使苍翠田野与工业后工业文明激情交织
在心灵突变的物质表象中
把神明寄托的美丽潜能释放

啊，有图书馆和妇幼保健医院的小城镇
啊，有诗人和文学艺术联合会的小城镇
啊，有歌剧院和博物馆的小城镇
啊，有特色产业和农研所的小城镇
啊，有街心花园和老年公寓的小城镇
那谜一样诗一样的小城镇

祖国·雨后的天空

没有谁的眼睛如此洁净，
没有谁的视野如此洁净，
没有谁的四周如此洁净，
没有谁的痛如此洁净。

没有谁的表达如此洁净，
没有谁的欲望如此洁净，
没有谁越深远，越这么洁净，
没有谁越漫长，越这么洁净。

祖国·土族"花儿"

这方水土养育的人们，坚韧聪颖
山歌演绎着，地域的风情
平实，日常的生活之美
都深蕴乡野草根中

世世代代的土族男女
即兴编撰着朴实人生
一曲高亢舒长的"花儿"
唱欢了青海甘肃的心灵

不同语族语系，不同区县州省
那么多民族的少男少女齐呼应
周而复始，沿循传统，一再灼热
生活源头的天籁之声

大地上的普遍词章
儿女们的普遍憧憬
千年万年的绵延浩荡
百姓生活的永恒主题：爱情与劳动

祖国·汉语文

我深深地偏爱：这无边的给予
方块字。我的母语，饱蕴文化的魔力
想象仓颉向黄帝呈现发明的那一瞬
那一瞬，中华大地，一定满天霞霓

用她辨析血液的记录
用她重温炎黄子孙往昔的传奇
用她思维和铺筑通达智慧的途径
用她表达精神存在的轨迹

灵魂的巢，我的绿洲，我的教堂
我深深地偏爱：这无边的给予
想象世界上多元文化的多种语言
我就会为母语的美妙和力量欣喜不已

可带我走向任何地方
甚至弦的走廊、宇宙的边陲与终极
把我和任何相关的事物链接
帮我探索未知，拜谒佯谬，冶炼真理

可魔力无边的汉字，风靡全球的汉语

我生命的花园，我头脑的重量质量，心灵的体积面积

为人民祈福，向世界问好

我用她的新野，耕作礼赞祖国的诗句……

祖国·珞巴族守护的家乡

我从宗教参与的角度注视这地方

这里大自然得到了充分的尊重和崇尚

我从民间信仰的角度注视这地方

这里　自然万物的神灵们尽享着安详

这里的天籁之音放大了地球的呻吟大自然的呻吟

这里的天然造物蕴含着社会批判社会启示的力量

这里　人与自然的原始契约被忠诚履行

这里　射出的箭没有破坏自然法则的规章

我用科学界的眼睛注视这地方

这里就是生态的天堂

我用未来学的眼睛注视这地方

这里就是自然的天堂

祖国·在青海

在九月，我在同一个早晨，
见到了雪、阳光、雾和雨，
——这是青海。
在九月，我在同一个早晨，
见到了羊、牛、草和云，
见到了真正纯粹的人，
——这是青海。

青海有那么多的颜色，
可让人觉得，世界上其实只有一种颜色，
如果有一天，人找不到最终的归宿，那么你来青海。
如果有一天，植物再也找不到最初的种子，
——充满活性和爱的种子，那么你来青海。

我有足够的幸运，
知道了这个世界上，
依然还有真正的纯洁和圣洁，
有神灵，有神性，
有几乎能够想象的曼妙的一切。
也就是在那个九月，
我看到了因为爱和月亮而活着的女人

——青海。

因为太阳和血性而活着的男人

——青海。

苍穹老了，而青海年轻！

祖国·瑞雪落在东乡族的田野村庄

雪下在这个位置多么恰当
雪在这个时候飘落多么舒畅
一如既往，人们和田垄态度淡然
惊奇的，倒是圈栏里的绒山羊

不管怎样改变对世界的看法
世界并没有改变模样
趋之若鹜的某条临界线，似乎渺茫
而这种宁静藏蕴着本质的吉祥

即使仅是浅表的机缘巧合
氤氲的炊烟也指明了方向
那看家护院的小狗并不在意
谁把土墙看成土墙或不看成土墙

这瑞雪覆盖的生活的粗糙质感
浮裸出心灵深度的影像
那憨厚老农看上去没有多少含意的笑脸
使当下许多思想者的前额黯然无光

祖国·和谐世界

在这个应该并可能更美好的星球上
祖国，你放飞一轮青翠的新朝阳
——和谐世界
给人类一个美丽的神往

和谐世界是和平的世界
只有斑鸠、贺电、微笑在我们头顶飘扬
风中没有硝烟的气味
也不必担心子弹飞进孩子酣睡的梦乡

和谐世界是友好的世界
不同文明之间互相辉映和欣赏
在边际，握手拥抱，敬献鲜花
想起彼此时，我们都感到如沐春光

和谐世界是携手的世界
我们把地球的幸运或者不幸，共同担当
一起抵御威胁我们生存的威胁
一起搭建通往宁静与繁盛的桥梁

和谐世界是理想的世界

多元文化之上，我们拥有一个相同的梦想
在前方，在远方，它的绿黄金之门
被全人类追求，向全人类开放

和谐世界是诗意的世界
根本的神性魅力，人本和人性光芒
在我们共同的精神家园
各自语言文化的故里，抚慰灵魂的寺庙教堂

给世界一个最美想象，给世界一轮最炫朝阳
祖国，你的理念超越了现代世界的迷惘
可以期待
文明史上会出现一个熔剑铸犁的新篇章

祖国·这里的人

在这片土地上，在我们这里，
这样的事情，不再新奇：
不管火车、飞机、激光、思维速度多么快
都超不过，我的步履。

在这片土地，在我们这里，
这样的景象，不再新奇：
那簌簌生长的楼厦电视塔纪念碑和知识，
怎么也高不过我的脚踝和髌膝。

我们是这片土地的核心，
我们是这里，事物的内驱力和标题，
我们筑起一个价值圣坛，
我们为自己，举行加冕礼。

在这片土地上，在我们这里，
我们把人文世界的先锋旗帜举起，
这里进步的前沿，是我的步履，
这里文明的高端，是我的眉宇。

祖国·1978 年的早冬

1978 年，雪下得很早，

早冬的气候像是春天，把人们唤醒。

这时候我们终于实实在在地知道，

许多旧了的日子过去了，

那些日子如菲薄之羽，

它们落叶飞花般地逝去，

甚至留不下需要掩埋的残骸。

1978 年，那时的傍晚如同正午、如同黎明，

充满着单纯浓缩的快乐。

和平路的 17 点，

上下班的纺织女工像一条彩带，

那些射线般穿透肌肤的挚爱，

那些充满情致的浪漫与欢快，

象征着这个季节的躁动。

1978 年，那一年，那些经历着磨砺的人们，

都有了倾诉的欲望，

那时的白天和夜晚，都显现出了节制的明澄。

广场上有花了，

有那么多的花。所有的花都自由地开着，

我们又听到了歌声，
那些歌声属于岁末的迷蒙、甜美或者沉厚，
属于所有的幸运，或者不幸。

清晨，紧闭的窗子打开时，
竟那么轻盈，
空气和田野，都被晨露润泽了心灵。
一粒粒阳光下该是怎样一种生动，
那时的感受如同一首诗、一种稚纯，
如同我们总在祈盼的
尘世间的萌芽与丰盈。

让那些陈腐了的，成为历史，
让一些箴言，
淡出我们的生命。
田垄里总有灵性，
城市中总有激情，
来不及证明是热烈还是理智，
我们懂得，有阳光才会有晴朗，
有幸福，才会有那么多人的，
真实的感动。

在我走过的城市，
每个城市都有被称为"新华"的道路，
每个城市的黎明或者黄昏，
都有凝厚的钟声。
每个城市都有通向外界的车站，
——在不同的期待里，
人们开始各自的旅行，

那一年的路开始宽了，好走了，
人们在路上，有了更多的从容。

绿地敞开了，笑意更加纯情，
那么多智慧，
那么多灵性，
那么多想象，
那么多厚重。
那时我们注视纯明的草叶，
让黎明的爽风把它惊醒，
那时候，没有什么能够压抑我们的开启，
如同没有什么能压抑
大地绿意蓬勃的解冻！

1978 年。
我们坦然地面对过多的失去，
坦然地面对岁月、叹息和梦。
那时，一个后来成为诗人的孩子走在中山路上，
他想着：
其实，我们想象中的获得竟是那么简单，
一枚烛火点亮时，
我们便会感受到所有光明！

1978，那条路好长好长。
它源于我们的自信、想象，
源于我们的梦境。
虚掩的门开启，
溶进我们的所有表达，
有时飘过你的白云，恰好在我的头顶。

我想对你说：该有多好！
我们在这片共有的土地上相融相汇，
一个瞬间，竟然感受了我们终生情感的
所有诞生！

生命中生长的不就是这个字眼吗？
我知道，即使是我们诗句中的语言，
也会有更多的相同。
在能够想象的土地上，
甚至能收获种子，
而在一个博大的展开的空间里，
和我们相遇的，
便总是那些美好的心灵。

有那么多生长着的，绿的或黄的植物，
有那么多传递着的，带有内涵的象征。
有时是熟识，有时是陌生，
有时我们面对枯萎，有时我们面对丰盈。
花开了，我们赞美生命，
花谢了，我们赞美凋零，
得到自由时，才会给予自由，
于是我们的眼睛里，
便总是静谧而博大的
亮丽的晴空。

阳光、生活、爱，
不知它对我们意味着什么？
是说在广场我们与孩子相遇时的稚纯？
是说面对同一段文字，我们共有的庄重？

是说在那条陌生的路上我们泪水的价值？
是说在那熟悉的音色里追寻的永恒？
是说我们的笔端总凝结的一个汉字，
是说我们约好的命运的最初，
或者最终？

1978 年，暮色高远，
洒满阳光的广场，
响起了早冬震颤时空的雷声……

祖国·一位傈僳族村民与滇金丝猴群友好相处

在读过的哲学随笔中，这一篇最温馨
平淡的叙事，诗一样单纯
关系和位置遮蔽着一个普遍性话语
最自然的图象悄然转化成最理性的声音

仿佛最前卫的行为艺术
面对一种紧张的生存
犹如未来派出的驿站
静候着"最绿现代"的来临

在这优美的非核心部分
其实暗含着最敏感的追问
在永远处于过渡性的存在表象
焉知不是更高层次的愚蠢

恰恰在这辽阔中的偏僻场域
感性地保存着事物的根本
一位傈僳族村民与一群濒危金丝猴的故事
表达着一组中华民族共同的文化基因

祖国·总要飞翔

如果那时天空是敞开的，
我就飞翔。
如果那时天空是澄澈的，
我就飞翔。
如果那时天空是闭合的、是浑浊的，
祖国，我也飞翔。

我飞翔是因为你的激情你的诗，
我飞翔，无论那时候有没有
天空！

祖国·门巴族乡村都有了卫生院

多少年的凄寒，
今天很温暖。
门巴人的天空，
总会是晴天。

放牧的尽管塌心放牧，
种田的尽管安心种田，
不再有病魔肆虐的时日，
青山中一片金黄和蔚蓝。

无需渴求神灵的护佑，
天使们带来内心的安然。
喜歌善舞的门巴人，
会用歌声和舞姿表达祈盼。

在通往墨脱的一条公路，
门巴族同胞白丹措姆弹拨着心弦，
他的眼神翻译着他的门巴语：
不论何时何地，幸福就是对生活的礼赞。

祖国·我身上应该有多少血液

我身上应该有多少血液，
有多少血液能使你饱涨？
我身上应该有多少血液，
有多少血液能使你充盈？

我身上有多少血液能成为海，
有多少血液能泼洒雨一样的生命？
有多少血液能使岩石断裂，
有多少血液能使深渊闭合，
有多少血液，能使寂然的夜发出呼喊，
有多少血液，能淹没你，
能淹没血液自身？

祖国·土家族的吊脚楼与"鸟巢"

古色古香的吊脚楼静悄悄
贮满土家人的私密故事、生活的味道
淫雨和阳光交织着淅沥
江南小镇的石板路延伸着它独特韵致的苍老

北京奥林匹克的"鸟巢"
紧依未来时的料峭
涨满地球村的信风和激情
鸣啭着华夏留鸟和全世界的候鸟

不论深涵民族风情的吊脚楼
不论闪烁时代风格的"鸟巢"
在膨胀着的文化宇宙
都是璀璨的文化符号

镶嵌在文化符号体系中
体现祖国文化时空的张力和广袤
一个表述文化新潮映衬的斑斓底蕴
一个表述斑斓底蕴映衬的文化新潮

祖国·国之木
——题海南黄花梨

国有万木，唯你，
在苍茫的雨林中等了千年绿了千年，
走入明清，成为那个时代的精灵和魂灵，
成为国之重器。
当那些时间成为历史，
这千年不朽的黄金之木，
也随之与历史永恒。

把你雕成花，就有了灵性，
把你雕成佛，就有了神性，
其实什么也不雕，
才更显蓬勃着的原始生命。
硬是因为有骨，
红是因为有血，
重是因为有心。

我一直在寻找我与你的共同：
坚韧、光泽、有密度，
你的纹理是我筋脉的纹理，
你的硬度是我骨骼的硬度。

就想，那树啊那枝那蔓，
如果你信仰他，
他就是你命定中的事物，
他就会连根带叶都是你的。

沉厚润泽，降香悠然，
让人气定神闲，让人安之若素。
也不一定看见，
许多时候，想象就是陶然，
也不一定得到，
许多时候，仰望就是拥有。

那光泽里的质感似石似乳，
那色彩里的内涵如影如形，
有凡尘之重亦有凡尘之轻，
有惊世之美亦有惊世之情。

那千年神木，有的大气有的俊秀，
但在我的心中，即使很小的一枝，
也孕云育雨，
即使很细的一株，
也力擎万仞！

祖国·赫哲族人的新生活

很早很早以前
一个少年曾徘徊乌苏里江畔
并且饕餮过赫哲族老渔夫
釜中的鲫与鲢

后来，那少年依从缪斯指令
寻着乌苏里船歌　旧地重返
仅仅为了，在凫与雉中
与赫哲族老猎人　促膝攀谈

一系列年份过去
往事已陈列在民俗博物馆
一些事情消失，一些事情发生
寥落与喧嚣轮番催化：旧貌变为新颜

如今　赫哲族渔网与猎枪的后代
蜂拥迈进信息时代的门槛
当诗人们缅怀江河与森林的暮霭
沿途却嵌满工业化的物象和语言

同样的宏大叙事

倏忽掠过一个少数民族的沧海桑田
在国家故事的熟悉情节中
压缩和简化了两个意象间的纠缠

这与幸福正相关
楼厦代替茅草房意味着发展
恰如那个依然哼唱乌苏里船歌的诗人
在他礼赞祖国的诗篇中明确坚守的理念

祖国·爱我

我被一种寻常的给予突然烧灼
譬如春风年年把我的脸颊抚摸
到处弥漫着母亲怀抱的气息
我强烈感到：祖国爱我

祖国爱我：以一个场中的全部物质和能量
支撑灌注我卑微的生活
给无常世事以原因和动机
把平庸岁月推向存在的巅峰运作

祖国爱我：不在意我的蒙昧我的贫瘠
祖国爱我：不做判断，永不冷落
神明般：无形地播种
无形地滋养培育和照料
给我积极思考的力量
永存心灵的炽热

从擦过脸颊的春风就能感到：祖国爱我
从语符鳞翅的抖动就能感到：祖国爱我
宇宙是对称、对应的
不然，我的爱，为何如此细密和辽阔

祖国·达斡尔族敖包节素描

喧闹　冲击着凝胶般的寂静
夜幕低低，垂挂着繁星
在铺垫着达斡尔文化的草原
敖包上烁动着接受祭祀的神灵

一枚火球翻飞滚动
打曲棍球的人们沉醉在传统之中
把白昼的欢乐与激情
陡然推向节日的巅顶

卸下一年一度的沉重
迎来一年一度的轻松
而那指点迷津的达斡尔神灵
一如既往　把所有美好祈求都答应

从耄耋老人到青年后生
伴着女人的朗笑　孩子的尖叫　纵情驰骋
这种奔放来自契丹祖先的血性
一脉相承　表现着达斡尔性格的彪悍和骁勇

祖国·早晨的阳光是一个手势

早晨的阳光仅仅是一个手势，
如同婴儿的手势，晨星的手势，
女人的手势，
纤细的叶脉的手势。

——谁能理解，那上面谜一样的纹理，
那是生命，还是生命永恒的皮肤？

祖国·绝世红颜

——在赵一曼故居

我在川南，谒民国红颜。

红颜可听雨落泪，赏花低头，

红颜可枝附影从，柔若浅草。

似花娇艳，如水清纯，

飘若流风，蔽月回雪，

红颜可气韵生动手余书香。

然外寇之下，定见强者，

屈辱之中，必似男儿，

红颜一怒，鼙鼓雷鸣，

芳泽不染，铅华可弃。

红颜不在镜中，在金戈铁甲，

红颜不留脂香，而烽火烟尘。

干戈满目，兵连祸结，

流血浮丘，龙战玄黄。

红颜面对儿女情长也曾垂泪，

红颜若遇敌酋倭寇傲笑三声。

红壤侠女，宁折不弯，

柔肠清骨，气节慷慨，

滨江抒怀，横槊诗赋，
不负黑水，无愧苍天。

今秋的大雁，以冷以暖，之北之南，
硝烟已过，世态平和，
那岷水依旧深远依旧浩荡，
莽苍苍留远去岁月的皱褶与刻痕。

我等后辈俱已白发，
而那红颜英女，必千载青春！

祖国·哈萨克族的一首情歌

一次又一次，叫我荡气回肠，
一次又一次，叫我心驰神往，
青春时光，两鬓染霜，
一次又一次，叫我惆怅和感伤……

那时，爱我的玫瑰含苞欲放，
她的大胆邀请，陡然使我迷狂，
我们没有拥抱，也没有唱歌，
只是沿着黄昏的河堤散步，直到天亮。

所有细节都镌入心髓，
接着是长年累月的回想……
哪谈得到熄灭，
哪谈得到灰烬：
这堆火烧起来，就越烧越旺。

我的大地，
最姣好的现象。
爱情是我们共同的梦乡。
永恒元素，在我们的情歌中延续：
一茬又一茬的小伙子、姑娘、马儿、冬不拉、月光……

祖国·白族三月街

水族的马尾绣

仡佬族的披风

苗族的银饰……时尚的棒球帽

它们的融合，叫美丽

热闹的赛马

竞技的射箭

优美歌舞，通宵达旦的篝火晚会

它们的融合，叫欢乐

艳丽的色彩

喧腾的声音

各种欢快的跃动

它们的融合，叫和谐

盛大的节日和街期

那么多不同的笑靥

那么多各异的表情

它们的融合，叫曼妙

许多爱意情意暖意

许多温情热情激情
许多直抒胸臆或柔情表达
它们的融合，叫明媚

祖国·很小的时候

在某一个早晨，我们一定注视过，
同一只飞鸟的眼睛。

在某一条路上，我们一定捡拾过，
同一棵树下的落叶。

在同一个黑暗里，我们一定一起寻找过，
头顶那颗清晰的金星。

在黄昏到来的时候，我们一定想象过，
同一种光亮。

当一个幸福来临时，我们竟然没有想到，
那是我们共同的幸福。

祖国·世界未来的同一个时钟

多么美妙：我们与对方的相同与不同
多么美妙：相对于他者的自我和自我的特征
彼此既特殊又普遍
既普遍又特殊
多么美妙：参照对象
形塑自身的过程

我们不再需要刻意地东方化
与他者对立化存在的自我意识
只要意识原野的一丛
我们与对方，互相注视，相对互补
我们就行进在全球化时代共同的语境

彼此都是当代话语的主词、主旋律
中国文化同是世界文化的基因、干细胞的胚层
发祥于世界文明，融汇于世界文明
我们自身存在的主体性
并非另类主体性

多么美妙：这种互为他者的场景
多么美妙：这种吸纳被吸纳的统一与完整

在认识的更高更新更绿层面
自我与他者
共同敲击世界现在和未来的同一个时钟

祖国·京族的哈亭

由于京族同胞天资聪颖
这里沐浴着传统信仰原生的光明
你所站立的地方即是圣地
这里阳光雨露直接落进心灵

为什么一定要摒弃剪断传统知识
为什么一定要理性话语遮蔽天籁之声
有一种启示和祝福
来自天地、祖先与神明

多么好哇，在现代性社会的刚体之间
保留那民族民俗文化溪流的潺潺淙淙
让人们满怀感恩答谢
参加这集体的礼浴和节庆

由于京族同胞天资聪颖
这里，价值情感的分野，和谐通融
多么好哇，在有神有魅的守望中
推动现代理念演化的进程

祖国·那些年，那些人

那些人年轻的时候，
这个国度苍老而颓衰，
天地崩塌，万千血色，
大道以远，烽火硝烟。
那一代人用青春点染亮色，
他们中的许多人，化为烟尘，

那些人互相偎依，
血肉连着血肉，
骨头挨着骨头，
生命不在了青春也在，
后来，他们年轻的容颜变成碑文。

他们还没有做丈夫，
没有做父亲，甚至没有好好做儿女，
那些艰辛、磨难甚至生死，
不掩他们的坚韧和从容。
清晨雾色，深夜苦雨，
苍穹下行走着一些执着的影子。

有名字的成为英雄，

没有名字的成为尘土，
谁也不知道他们的躯体在哪块土地上消失，
但那里的枝叶，
一定比其他地方茂密。

那一代人。他们的青春像草，
不是衰草就是野草，
是衰草一火烧尽，
是野草春风再生。
宁玉石俱焚，不青春付东，
他们的血液里没有杂质，
他们的骨头上没有浮尘。

2016 年 6 月的一个正午，
我站在太行山的山顶，
我想，那一代人的质地，
就是这青山与江河的质地。

祖国·那古老运河的波纹
犹如我们的灵魂

我聆听着那条古老运河喃喃的祈祷，
那河的波纹犹如我们的魂灵。
诗开放在温暖、光亮和丰饶之上，
我们用双手抚摸每一丝空气，
都能感受到那凝重深厚的气息，
然后，我们将那纯净明澄的诗句，
撒播在广场的阴影里。

远处的博物馆，
静谧而默然。

祖国·我欣赏一位朝鲜族诗人的诗篇

起初他在克拉玛依和大庆这样的城市间游走
钟情于麦田中的钻塔
地下古潜山的结构
他的诗集就像碳酸盐岩和砾岩岩层
浸透黏稠的石油……

后来，他的诗歌聚集起飞禽走兽
他说：这是人类的朋友
无边博爱和生态主义精神
使他的语言溢出杉的气味、鹿的色泽、山雀的鸣奏……

一成不变的是对祖国山川风物的热爱
一个现实祖国的歌手
也在他面对半坡村汲水少女的时候
也在他面对山顶洞人篝火灰烬的时候……

一成不变的是将歧义繁杂的人生叙事做明睿的归纳
然后，轻松说出存在的意义和理由
只是在他的艺术独旅中，偶尔北方邂逅
我才会蓦然想起，他是鸭绿江边，一只江鸥……

祖国·许多美好的事物存在于我的视线之外

肯定有更多的植物，
你不能想象它是什么颜色，
肯定有一些未知的生命，
你不能想象它是什么状态。
肯定有一些新奇的花，
它们至今没有名字，
肯定有一些
我们没有听到过的声音。

肯定有更完整的美丽，
肯定有更深的快乐，
有更深的夜。
肯定有许多美好的事物，
存在于我们的视线之外。

祖国·普米族祭祀活动的
解读与漫谈

恰恰在这原初的原点
滋生高端前卫的观念
祖先播下的种子
成为复述生活的原型
不能割裂和停顿的
是荷载生命意义的惯性

在神赐的事物中
最美的就是乡土风情
连着血脉的地方感
乃是心灵的沃土
能在巅峰体验中接受神明的教育
享受因袭的庇护与慰藉

如同祭师们吟唱的歌曲
出走的路陌生，回归的路熟悉
出走何方，回归何处
两个答案似乎都蕴藏在这里
那么多不知由来的花朵，那么多不知何去的花朵
画册的这一页，不该轻易翻过去

愿民族民俗文化自然演绎
从而保留一种看待事物的方式
愿本土生活逻辑自然延续
从而保留一把生存秘笈的钥匙
愿从不屈服于时间的景象无止境
从而保留文化版图的斑斓与生机

祖国·水族水书

这些记事符号湿漉漉

汲足了水的因素

显示创造它的人们

具有水一样神奇的禀赋……

具有水一样的活力

才能如此热情忙碌

每一个时日都被充塞得满满

不停的农事、嫁娶、制作、节庆、占卜……

水族女孩们生动的美丽

水族乡亲互相的搀扶

吉祥、五谷丰登、人财两旺

诉说与祈愿：年年祭神树……

如此致密如此饱满

无须外部意义的注入

被书写和被记载的

都是韧性生存的实录……

祖国·天空

为什么不能说它是洁白的，
它曾经洁白。

为什么不能说它是湛蓝的，
它曾经湛蓝。

曾有许多空间，曾有许多星辰，
直到现在还有。

还有雨，还有火焰，
还有光芒和呼吸。
还有，我们给予它的想象，
是的，我们给予了它！

而天空，日益显得辽阔。

祖国·满族人的农历二月二

一个满族男子架着他的鹰
沿着木栅栏走走停停
他邀了童年伙伴一起到村外
因为今天是农历二月初二

村庄炊烟袅袅
不时响起亲切的狗吠声
他的女儿要忙别的活计
她有她自己的生活脚本

跟着他的还有一群孩子
孩子们因离往事远了些而格外好奇
这是一个祖先传下来的仪式
是融在满族人血液里的指令

坡地上的田垄有灰暗的残雪
柴火垛，在清风中战栗
罩着淡淡雾霭的群山
迷迷离离：传达着春分的讯息

鹰一来到田畴就兴奋

这个冬天，它一次次成功地猎捕过野鸡
它已习惯在这片林海雪原
展示它王者的天性

其实程序非常简单
满族男子用力地把鹰掷上天空
然后目送在古老约定中重获自由的朋友
迅速消失于即刻勃然苏醒的山林

祖国·怀抱

在所有花朵中，我是最不香艳的那种
在所有岩石中，我是最无光泽的那种
我不可能被书写、记载和铭刻
没有光环，罩在我的头顶
我只是崇高与伟业的瞬间烘托
我抽象得恰好是实数后边的零
但你并不因为我麻雀稗草般平庸……

我的一切都是微末的、浅淡的
小小的愿望、小小的满足、小小的幻梦
小小的机缘、小小的目标
就能填塞我生活的全部与缺口、事件与场景
但你并不因为我麻雀稗草般平庸……

我未被天赋垂青
我从事着远离荣耀而寻常普通的劳动
我的吟唱也宛如绕过脚踝不留痕迹的季风
我无速度，缺少动能；我无高度，缺少势能
但你并不因为我麻雀稗草般平庸……

啊祖国，你并不因为我的卑微我的平庸
啊祖国，你的爱不是根据价值，而是缘自神圣

祖国·真纯的生命是无限的

真纯的生命是无限的，
它用那么多意象编织起来，
它拥有人类生存的所有理想，
像生机沛然的一棵生长着的树。

我们仔细聆听内心的声音，
像一滴灯油，滋养一盏黯然的灯光，
而那火焰就在我面前跳跃，
真的，在我的视觉里，它最亮，
亮如我所感受的搏动着的命运。
——我的祖国！

祖国·德昂族人竹篮的清香

太阳升起来的时候，
德昂族的人们就醒了，
太阳落下去的时候，
德昂族的人们依然醒着。

夜深人静的时候，
姑娘们总会收到几个竹篮，
你爱与不爱，
篮里都散发着清香。

或者洗尘，
为佛洗尘也为人洗尘，
最清洁的水倒入水龙中，
小屋间的竹水槽流向佛像，
洒遍佛像全身。

德高望重的长者手持鲜花，
蘸水轻轻地洒向周围的人群，
这时，人们开始兴奋起来，
德昂族兴奋起来，
水筒高高举过头顶，

滴洒在老年人和年轻人的手上，
人们拥向泉边、河畔，
互相追逐、泼水。
那水是吉祥的，那祝福是吉祥的，
那时的万物都是吉祥的。

德昂族的竹楼依山而建，坐西朝东。
有德昂人的地方就有茶山，
神奇的《古歌》代代相传，
德昂人身上飘着茶叶的芳香。

太阳升起来的时候，
德昂人歌唱着舞蹈着，
太阳落下去的时候，
德昂人依然在歌唱着舞蹈着。

祖国·鸟儿记

看到鸟的时候你就知道，

它们不一定总是飞翔。

那些鸟，它们有时成群结队，

也形单影只，

它们筑巢垒窝，

也在一起慵懒和暧昧。

振翅轻捷，身体恒温，

起得早，不熬夜，也不失眠，

早晨有好空气，

树比平时绿，

虫子成群结队。

鸟们也在枝上隐匿，

互相挑逗，梳着羽毛，

它们不争斗，追逐是为了有趣，

也嘈杂也安静，有时在头顶，

你也听不到它们的声音。

它们知道哪里冷哪里暖，

感受暑热，预知阴晴，

它们定居的地方，

一定是最安然的地方。
它们单纯，树上的鸟总在说话，
它们说话是习惯和自我满足，
而不是为了让别人听到。

知道畏缩，总是躲避。
振翅是为了展开心境，
摇头是为了抖落风尘。
有多少叶子，好像就有多少鸟，
它们有着近乎相同的生存。

它们不找路，天都是它们的路，
天多大啊。
以东以西，也高也低，
高飞广阔，低落踏实。
鸟不是总在飞翔，
鸟飞过，也不留痕迹。

在树下，留着它们，
不经意落下的一枚轻羽。

祖国·一个撒拉族汉子驾驭羊皮筏子过黄河

一个撒拉族汉子驾驭羊皮筏子过黄河
这样惊心动魄的举动
不过铺陈着寻常的生活
因为无法抗拒对岸心仪女子的俏笑
或者应邀到贩卖"循化椒"① 的朋友家做客

说不定脑子里正虚想教长阿訇的婚训词
说不定肚子里正盘算农贸市场波动的价格
他的大胡须窝藏着果敢刚毅
从容自如衬托着惊涛骇浪的磅礴

可他不知道
他的羊皮筏子划进了我的诗篇
并蓦然象征符号化
成为撒拉风情的代表作
一帧民族画报的封面
引导人们进入撒拉人独特习俗的今与昨

---

① "循化椒"：撒拉族土特产。

而我立刻把他和他的羊皮筏子嵌入更大的画面
嵌入我礼赞祖国的颂歌
并用象征符号组成图腾
向世界展示多元的深刻的中国

一个撒拉族汉子
驾驭羊皮筏子过黄河
这定格的一瞬从此被镌刻
使我老想着去参加他那趣味的喜筵
或老惦着他"循化椒"的生意是否红火

祖国·阔叶树

我最早认识的树，都是阔叶树，
北方多杨柳，多榆槐，多桃李，
阔叶树如北方一样阔大，
叶也绿也黄，
果也熟也生，
叶片宽阔，叶脉成网，
总觉得，它跟北方山脉、河流的纹理相近。

几乎所有结果的树都是阔叶树，
阔叶树爱拔高，爱成林。
说是蒲柳贱质，不堪大用，
它自是卑微，但你看那鸟巢，
都筑在卑微的树上。

有的几岁，有的百年，
每个村庄，都有百年的老树、老宅、老人。
北方很多村庄叫杨庄或是柳庄，
每次路过，总想象那里应该杨柳成荫。
阔叶树总青涩，在俗世，
阔叶树有静气，在人间。

窗外那些有些年份的阔叶树，
树越大，好像寒暑就与它无干，
阴晴与它无干，
雨不雨风不风也与它无干，
风不吹，那树不动，
风吹，它也不动，
那阔叶树一树沧桑。

有些人一辈子，长成了叶子，
有些人一辈子，长成了树。
我觉得那阔叶树满是灵气，
无论绿树还是枯树，
都有独特的神圣和神性。

阔叶树遮天蔽地，
阔叶树单形独影，
一树绿叶之香，
几颗青果之涩，
若悟世事，皆问阔叶树之枯荣。

祖国·景颇族的目瑙纵歌

跟随领舞者　盯住瑙双帽 [①]

盯住孔雀的羽毛

重走先民迁移的路途

重温祖先开天辟地的自豪

跳起来哟，山之骄子

在太阳神的光辉下　跳来自天堂的舞蹈

竹笛吹起来　象脚鼓敲起来

唱出景颇山歌的曲调

纵歌景颇男儿的勇武

纵歌景颇女子的柔情与娇娆

跳起来哟，唱起来哟：山之骄子

在太阳神的光辉下　跳来自天堂的舞蹈

挥动景颇人的长刀

先民披荆斩棘的精神

景颇民族魂在传承中燃烧

绵延不断，响彻云霄：山之骄子哟

在太阳神的光辉下，跳来自天堂的舞蹈

---

① 瑙双帽：即领舞者的帽上插犀鸟喙和孔雀羽毛。

举世无双的景颇目瑙纵歌节
盛况空前的壮美和古奥
伟大的原始生命力，伟大的激情
啊，景颇族儿女：山之骄子哟
在太阳神的光辉下　跳来自天堂的舞蹈

祖国·我们的船队

海水凝成墨色的锁链，
凄凄夜幕，惨惨鸥鸣，
死亡烘托着命运的伟岸，
我们的船队在暮色中起程。
起点，也是终点，
起锚的笛音和着幽谷的回声。

船队远行。星籁。海啸。
浪击长天。
地平黯然，行程辽远，
酷热的季节微咸，
所有祝福溶于风声。

日落时，是落潮与涨潮的临界，
沉寂了的喧腾，孤帆远影。
旅途并不遥远。
航行无始无终，
起航的一瞬，苦雨飘零。

岸远矣，山远矣，
亲情远矣。

网挂船缆，

灯挑桅杆，

大天大地，造就了船队的

此死此生。

明明灭灭，绰绰影影，

无岸，岸在冷冷热热的心胸。

人为瞬间之海水，

海为永恒之生灵，

万念俱焚，万念俱生，

死亡的生命延续生命。

船队无语。

船队的语言挂在船舷，

船队之舞，是暗夜大海

唯一的律动。

没有雾霭，茫然中视线遥遥，

庄重的远海黑暗得神圣。

今生今世，抛锚起锚，

腾腾地热，朗朗世风，

船队是颠簸的命运是落羽，

船队是魂灵，

悠悠荡荡，不灭不息，百死百生。

我们的船队远离海岸，

为了生存，伺机下网，

为了返航，捕海捞生。

近看桅，远看灯，更远看星星，

天之大，海之大，
似只为，船队纵横。

顺风如何，逆风如何？
无锚地。
船队急急，缓缓，匆匆。
有雨无雨，风热风冷，
走吧，桨声莫停。

船队远行。没有一切，
也会有岸，
失去一切，
也不会失去儿子、父亲、亲弟亲兄！
懂得海的人，更懂得起锚，
见过锚的人，便理解别情。
船出港，顶的一面风，
好兄弟，互相多照应。

云压着海，海托着云，
船队，从从容容。
出海了，海珍重，
离岸了，岸珍重，
海潮落潮涨，
天阴阴晴晴，
梦寐在于海，
祈盼在于海，
远海处，腾腾起雷鸣。

祖国·瑶族木狮舞

瑶族盘王节的木狮舞
似乎需要　现代人文学语言的解读
最简约的道具
最古拙的动作
却充满最先锋的抽象主义元素

浸透着信仰、仪式和象征
强烈的抒情，跳跃的叙述
粗粝奔放的诗意
民间智慧的浇铸……

远古的符号通过木狮舞
形塑着民间信仰　民间信仰又滋养着民俗
多么丰润　多么富足
神圣行为与生活交融一体
祖先神灵、血缘、家族，共同把盘王节欢度

同一个图腾
通过木狮舞
盘王歌中，把民族迁徙的脚步追溯
歌舞紧系着祭祀与节庆

节庆葱茏着民族文化的风骨
文化灌溉着民间信仰
信仰强化着民族记忆的刻录……

盘王节的木狮舞
瑶族文化体系中最鲜亮的语符
艺术生活与生活艺术的混沌
现代人文学语言岂能深邃地解读
与重生的父王
一起许愿祈福
能够诠释这美妙生存智慧的
只有过山瑶的长鼓……

祖国·俄罗斯族神韵

绿茵茵草场　　葱郁的山峦
明显燃烧的太阳悬浮蓝天
在新疆伊宁塔城阿勒泰一带地方
阵风快活地吹拂着果园

亭亭玉立的白桦林上空
闲逸的鸽子盘旋
有手风琴和俄文歌曲
倾诉少女的心愿……

日子就是唱歌跳舞
日子就是面包和盐
传统习俗中的生活智慧
囤积在养蜂人与蜂箱之间

油画般厚重的村镇
隐约传来东正教箴言——
"自身择善
上帝恩典"……

祖国·维吾尔族女大学生

祖国新疆的玫瑰，维吾尔玫瑰

绿洲清纯的泉水

春风吹拂时，杨树苗圃的哗哗声

葡萄青碧时，弥漫果园的气味……

祖国新疆的玫瑰，维吾尔玫瑰

日照大漠般静谧，高原湿地般假寐

可是，只要冬不拉弹起手鼓摇动

她就立刻轻盈地翻飞

祖国新疆的玫瑰，维吾尔玫瑰

长长的发辫、明亮的耳坠

随便谈起广义相对论，亚当·斯密或叶芝

阿凡提俏皮的智慧

祖国新疆的玫瑰，维吾尔玫瑰

盛开在现代知识体系新土壤：春天般新锐

衬托她那艳丽连衣裙的

是一个现代城市内在的宏伟

祖国新疆的玫瑰，维吾尔玫瑰

文化记忆和民族风情在胴体，熠熠生辉

所有现实生活新风采，抑或今天早晨的露珠

都在充盈和演绎：她那清纯的活力和妩媚……

祖国·我就是我献给你的赞歌

我会竭力开花　假若我是一棵常春藤
假若我是一根芦苇　我也将沉浸在思想中
祖国　我就是我献给你的赞歌
我的使命　就是展示你赋予的个性

相同的日照　闪耀不同的光色
相同的地理　呈现不同的形
相同的灌溉　弥散不同的气味
相同的吹拂　发出不同的声……

每个个体都荷载着寄托
每个个体都隐喻着可能
每个个体都是果实与萌芽
每个个体都参与当代史诗的汹涌……

我会竭力悠扬　假若我是一只夜莺
假若我是只喜鹊　我将报告四季黄昏黎明
祖国　我就是我献给你的赞歌
我用你赋予的个性　回报时代太阳大地的恩宠

祖国·毛南族的学子才俊

与世传绝技打造的银手镯一样
与竹篾编织的帽饰花纹一样
有着勤奋学习传统的毛南族学子才俊[1]
纷纷登上现代知识体系的殿堂

封闭的大山，展开的胸怀
穿越历史遗存，把外部世界向往
毛南人的内心神话，因为飞翔
涓涓汇入当代文明的汪洋

在多元文化的绚丽多彩中
延展毛南族亘古不变的信仰
学子才俊们的优美脚步
印在毛南语的新编史册上

乡土中国：茅难山是故乡
现代中国：神州大地无他乡
侬索花飘在哪儿都馥郁
花竹帽泊在哪儿都风光

---

[1] 毛南族重视教育，在22个人口较少的少数民族中，毛南族大专以上学历的人数与人口总数的百分比名列前茅。

祖国·宁夏的春天

再向上：春天来到这片乐土
这个地方的神明，又开始把中华药性
向枸杞子运输
有缘的主体，与客体想象力
来发展这"塞上江南"的富庶

再向上：无偶像的信仰层面
春风吹开一页经书
一种精神和伦理
在那儿虔诚地诵读
"一切赞颂，全归真主，全世界的主"

再向上：地域民间
积淀着远古春天的叙述
肥沃的文化层
凡与活力相关的元素
都在为这个春天的莅临欢呼

再向上：所有自然的力量、人文的力量
纽结成同一个向度
解构与建构，混沌与秩序，失落与生成

以及尘世张扬的个体，知识生产、福祉与进步
都指涉一个超具象的
彼岸的符箓……

再向上：边际模糊，辽阔介入
宁夏平原的春天成为祖国春天的局部
春风的局部，春雷的局部
淡化了：黄河的波涛、贺兰山的起伏

再向上：只有色块与线条、时空与场
季节渐渐淡出
摄人心魄的整体的壮美
一种超越经典人文的感悟
一颗小小星球零重力
在寂寥的太空飘浮……

祖国·阿昌族的打刀人

我最熟悉打铁炉的火焰
我最熟悉铁锤铁砧和火钳
我最熟悉淬火的奥妙
所以，我最佩服阿昌族铁匠技艺的精湛

刀面刻上龙凤图案
刀柄白银镶嵌
掩在腰间平添几分贵族神气
舞蹈起来尽显男子彪悍

我相信，我没有看走眼
须知阿昌族打刀人的生命灵性在里边
代代相传的秘笈深藏于
一锤一锤的敲打，一次一次的煅炼

每一把刀都是独一无二的构思
每一把刀都是独一无二的生产
每一把刀都是独一无二的拥有
每一把刀都是独一无二的机缘

一切都取决于打铁炉火焰的颜色变幻

一切都取决于锤击飘忽的轻重与落点

一切都取决于淬火瞬间的掌控

所以，我最佩服阿昌族铁匠技艺的精湛

祖国·阳光灿烂的日子

我们所拥有的日子
阳光灿烂

我们在爱和渴望中生活
像诗歌一样坚实而脆弱
想象光明又享受光明
我们的内心是真诚的情感
为了接近完美
我们一次次把自己带回童年

我们所拥有的日子
阳光灿烂

我们把头顶星辰的亮度
称之为光明
一些高远的日子
是产生预言和智慧的日子
在那样的日子里
我们寻找秋天的品质
它纯净、克制、丰盈
我面前的大地上

人们在耕种
——如同收获一样情绪饱满

我们所拥有的日子
阳光灿烂

我们获得了许多思索的回声
获得了经历
获得了像灯火和真理一样的梦幻
我们生活在钟爱我们的人之中
生活在天空、太阳、音乐之中
那些真实的意识
是我们期待中亮丽的晴天

我们所拥有的日子
阳光灿烂

在一个早晨，诗歌的声音
成为圣典或梦幻
我们的思索意味着生长
我们生存、歌唱或者沉默
度过一些节日和一些含蓄的夜晚
我们展示自身的渺小和博大
在包罗万象的国度里
把漫长和短暂融在一起
把深刻和浅薄融在一起
使每一种文字
都成为我们所能表述的一种语言

我们所拥有的日子
阳光灿烂

在岁月的俯视下
我们叙事或者抒情
在足够的阳光里抒发情感
这个世界深远而厚重
广博的日子里具有着内涵
你相信吗
总有一种创造中的生命
进入真正的明澄和纯洁
成为所有岁月的
最后一枚叶片

祖国，我们所拥有的日子
阳光灿烂

祖国·一个布依族小山村
外的菜花田

一个布依族小村寨深藏大山
它的村外，有片菜花田
生机盎然的金黄
金灿灿的耀眼

游历过祖国的许多省份
江南水乡，塞北草原
现代化大城市，历史名城
物质的和非物质的文化遗产

也见识过异质文化的辉煌
譬如欧式的古堡、教堂、牧场、剧院
域外风情缤纷
这个世界的人文与自然

早就忘却了，那个布依族小山村
早就忘却了，小村的大枫树耕牛羊圈
早就忘却了，青山翠岭守护的阡陌小路
早就忘却了，那个春天

可是当我撰写赞颂祖国的诗歌

打开最高精神天地的栅栏

我发现那片布依族小山村外的菜花田

依然金灿灿盛开在

我万紫千红的心灵家园

祖国·布朗族的乡土鼓队

鼓声阵阵，群山中
布朗村寨沉浸于文化的亢奋
朴拙的肢体，执着的鼓击
高扬起乡土之魂

这个世界顿然醒悟
开始于文化，归结于文化：文化是根
路旁野花说不尽的美丽
峡谷雾霭说不尽的浸润

这空前的文化自觉
迎来布朗族村寨文化的亢奋
鲜活的民间，要在文化的网中
捕住生活，永远令人迷醉的原因

鼓声阵阵
甩动的手臂
飞逝的鼓音
刻写下布朗族文化的万古留存……

祖国·街道

夏天与秋天相间的傍晚
我们在铺满落叶的街上行走
我们在寻找船、阳光和早晨的影子
我们把行人称之为河流

街道的名字是许多城市中共有的名字
我们曾试着把它写进诗歌
老人歌唱着，而少女喑哑
夜色中有我们渐渐陌生的钟声

我们看到更多的人和更多的声音
像光明一样，弥漫在夜和正午
博物馆的影子不再沉如历史
你体味它的感受
和少女浪漫的歌声相同

在街上，我们常和一些陌生成为朋友
在街上，我们常和一些遥远成为朋友
有些街道，是我们走出来的
有些街道，是我们铺出来的
而有些街道，仅仅是我们想象出来的

我们常常在寻找爱

寻找与自己更加接近的渴求

在街道上行走

有时我们想起几个单词

当风也成为一种呼吸时

我们便知道它是更接近我们的问候

我们不再幻想一种普遍的诗意

像树颓然倒下，像路霎然折断

像一个孩子委屈地抽泣

我们有时甚至盼望天空蒙蒙的雨意

漫不经心地

落在干涩的街头

街道，枯黄而饱满

不知道这种漫长

使你的那种短暂

亮丽多久？

祖国·畲歌

多么陌生的歌调，多么熟悉的歌调

又新鲜，又古老

穿越悠悠岁月的畲歌

突然淌进我的诗稿

本土人物的日常叙事

不变的本土风物荷载着

珍藏于磨难的歌本

哑默的往往是歌词，传唱的往往是歌调

如今这歌调溢出大山

被风吹远，吹向寂寥

像所有轻盈的现象

携带着能量，任凭偶然性引导

以致，我在祖国巡礼的下一站

进一步感到：本位论疑似虚幻的城堡

可区分的族群服饰

可区分的地域空间

可区分的语言与修辞

可区分的隐喻与符号

都在匆匆的经验过程中
汇成同一个歌调——
现实生存的冲动，可能生活的美好

熟稔的地方性事物
历史的文化多样性
所有定义与命名
所有的碰撞与融合
所有的自我与他者，中心与边缘
都在吟唱着
叙述一个共同的审美世界

恰如刻下种种烙印的
恰如非本质主义的
恰如不断消失不断生成不断表达的
我在畲家人的歌中清晰知晓——
变易的是歌词，恒久的是歌调

祖国·河北

把你轻轻拥入怀中
——河北。
你山蕴百水，地结千穗，
平川堆雪，幽谷流翠，
晨一层薄雾轻遮绿意，
夜一阵细雨润泽心扉。

有那么多的路，
每一条道路都那么沉实，
有那么多的绿，
每一片叶子都那么纯粹。
缓缓戴河，
萧萧易水。

秋色是一种境界，
饱满、富饶、带几分丰实，
春意是一种抒情，
爽直、明澄、有几分深邃。
星唤晨钟，月映秋水，
河北的路上，
总有那些生动的身影，

他们带着沉重、带着执著，

有时也带些许疲惫。

河北啊，

那行走着的厚重的影子究竟是什么，

是渤海之源，

涛涛浪浪拥着碧海的魂魄，

是长城之始，

蜿蜿蜒蜒撑起平原的脊背。

燕山、狼牙、太行，

不说那是多少根骨架挺起命运，

滹沱、桑干、滏阳，

不说那是多少条血脉注入脊髓。

河北啊，我的河北，

有时你是婴儿，

有时你是母亲，

有时你是兄弟，

有时你是姊妹。

走近你的时候，

你就是我们自己，

远离你的时候，

你便成为我们轻轻呼唤时的，

苦恋的清泪！

被你轻轻拥入怀中

——河北。

你浩浩大气、荡荡雄风、坦坦真情，

那么多桥，使路不再阻隔，

那么多绿，使语言不再枯萎。

那么多默契，那么多对视，

那么多远行的牵挂，

那么多久别的相会。

万家灯火，每一盏都是暖意，

雨冀南，雪塞北，

有时有歌，有时有泪，

许多时候，人们把沉重压在心底，

天亮时，那沧桑的脸上又是明媚。

河北啊！

人们把踩出的脚印称作道路，

人们把解冻的冰凌称为春水，

人们记住的日子才是历史，

人们感受的真理才是丰碑。

广场上的孩子对我说：

你看那气球，它自由，所以飞得很高。

那童稚的嗓音，

竟那么让人久久回味。

啊，我的河北。

生于斯，长于斯，

一根春草，也是这片土地的智慧。

炊烟久远，街灯妩媚，

我不知道人们此刻是怎样的心情，

但我想悄悄告诉每一个人：

真好！我们在一个家庭里生活，

而且快乐，而且幸福，

而且，祖祖辈辈！

冬秋春夏，年年岁岁，

我们不再浅薄和浮泛，

平缓而深刻的河流是我们的象征，

无语而厚重的山脉是我们的象征，

坦荡而充实的平原是我们的象征，

活力而博大的渤海是我们的象征，

在地球村里，我总愿向人们重复自己的名字：

——河北！

祖国·怒族与怒江及怒江大峡谷

那在河谷农耕的人
那在山崖采药的人
令我由衷地敬佩
需要有怎样柔韧的神经、刚毅的心肺
能够从容面对
怒江大峡谷
那险峻的壮美

"上帝把一切都写在脸上了"
这里的沧桑这里的智慧从容超过了百岁
而那些妙龄少女
一身野麻纺织出来的妩媚
我几乎窒息般的震撼
需要怎样的清澈和纯粹
能够在怒江大峡谷中歌舞
而倾听者和观看者
只有横断山脉的冷寂与幽邃

可以看做考验与磨砺
可以看做赐予或恩惠
我惊讶　该有怎样空灵的精神原野

能容得下如此众多的范畴断片层面和语汇
褶皱中有远古恐龙的嘶叫
杂草上缀满星宿的光辉
而和谐共存的众神
就同他们一起
日复一日地醒来和入寐

那正在收割苞谷的人
那正在砍柴的人
也许他们不知道，他们的性格
是多么的挺拔和丰沛
也许他们不知道
在他们的从容淡定中
怒江无限的能量　正湍流在他们的骨髓
怒江大峡谷的神奇　就寓居在他们的额头
也许他们不知道
正是怒江的狂野和怒江大峡谷最后的沉睡
使他们的生命
如此从容地闪耀非凡的活力和锋锐

祖国·锡伯族新生代

祖国：我们面对莽原
任何意义上，我们承载和转译着新春的灵感
我们是现代的青涩果实
我们钟情于崭新的体验

我们让黯淡的重新发光
我们让消逝的重新出现
我们不会错失这个世纪的晨曦
我们是同一文化原点上的现代花园

祖国：我们都长着飞向大世界的翅膀
我们自由翱翔的空间无限
任何意义上，都不乏赞美的理由
我们是探索性答案、筹备中的盛大庆典

我们来证明你的美好未来
面对时代的洗礼，我们继承了祖先的勇敢
凭借青春，我们高歌猛进
祖国：写贺辞的缪斯，就伴随我们身边

祖国·柯尔克孜少女

她们是未来　开敞的地平线
她们是美好　感性的起点
她们无一例外　都是天使的化身
她们就是无法歪曲的神性的预言

理性不能搅浑的清纯
哲学不能遮蔽的鲜艳
她们那通常银铃般的笑声
足以让古板的人们想到布谷鸟叫唤在春天

大美风光做衬托
传统风情做铺垫
仿佛生活就是这样一种仪式
依次迎接她们来上学唱歌跳舞织毯

哦　像所有祖国的蓓蕾
携带着宇宙精神的必然与或然
一切美好皆有可能
她们不可消解的神圣意味　在我们求索的世俗弥漫

祖国·晨

梦见太阳在水中潜行
梦见太阳就要突破雄鸡的喉咙
我跳下床，冲出屋子
看见一弦新日，冉冉东升

晨光立刻涨满胸廓
荡然无存地扫除掉，昨晚本质的虚空
与禽鸟一起奏鸣的众生喧哗
压灭了骨子里荒陌的寂静

挣脱粘连的琐碎平庸
重回被削弱了存在的胚层
超越玄学的个体言说
让旭日和曙昕，做向度的校正

这是允许遗忘的时刻
别回头，向前看，看始终不渝的憧憬
这是奔向另一个世界的岔口
朝阳怂恿：抖动辔绳，张望另外的路径

每次与新日约会

都是一次诗意的培训启蒙
她再次镀亮一株孱弱的野花
我再次鼓起拥抱尘世的激情

祖国·儿女，地球之子

祖国　我在你的思维里遨游
你的思维里　悬转着　我们蓝色的地球
我们人类共同的家园
在你的思维里　鲜明又浓厚

阳光　水和树　我们幸运地享有
我们也将承担绝对孤独到永久
没有可信的证据表明
还有地外生命漫布在宇宙

你的智慧和爱是太阳系的一部分
你全身心荷载着地球的欢欣与忧愁
从茫茫太空遥望　人类家园浑然一体
你已抵达这样的高度，拥有这个高度的感悟和感受

祖国　我在你的思维里遨游
你的思维里　悬转着　我们蓝色的地球
这使我明白　我是祖国儿女　同是地球之子
这使我祖国颂诗这一页　成为瞭望星空的窗口

祖国·山民谣曲

山一样，谷一样
山民的命，最硬朗
女人像桃花，开春看鲜艳
男人似红薯，秋后看产量

拉套的毛驴：出村庄，进村庄
妞儿们嫁汉子
汉子娶新娘
祖祖辈辈，撂下的担子有人扛

走过来，走过去
快乐幸福苦中酿
奔忙时说说笑笑蹚沟壑翻山冈
安歇下来，坟墓里头跟着蛐蛐唱

蒙鼓的皮，铸钹的铜
戏台的柱子，庙堂的梁
任凭歌调改了变，变了改
风吹树：根不动，梢摇晃

祖国·长城

1

是我们赋予它一些意义
还是它赋予我们一些意义
对它的理解
一定首先是它的沉厚、久远
或者沧桑或者深刻
或是属于它的、不属于它的传说
或是一枚标识、一些想象
一道铺满落雪的
苍凉的影子

2

抑或你成就了什么
抑或你阻隔了什么
历史久远了你被称为历史
岁月流逝了你被称为岁月

拒绝平庸，却拒绝不了剥蚀
人群悲凉时

便从你身上寻找悲凉

人群深刻时

便从你身上寻找深刻

在一种无意识中

你高大完整起来

当数不清的寄托赋予你时

你缝隙中的那根枯草

悄然折断

3

你的两端维系得太多了

有时维系存在

有时维系虚无

有时维系想象

有时维系幻觉

你感觉到沉重了吗

你左侧入海，右侧入沙

在群山的断裂处

一个孩子

把一枚青砖抛向谷底

那孩子笑了

远山近谷都在大笑

你随意得如同薄雨轻露啊

4

其实，本不该去理解你

如同不该去刻意理解
其他一些什么存在
而人们一旦注视你
你便有了结论或命题
而那一切，毕竟使你
辉煌起来

而诉说，不是你的愿望
一个暗示，常常能衍生出
无数文字或语言
你单纯地存在着
不是已经变得繁繁复复了吗

5

享受阳光的那是你吗
接受瞻望的那是你吗

作为神圣你存在了多久
作为平淡你存在了多久

凄惶的大漠中
一位智者面对一道
似隐似现的沙丘告诉我
看，这才是长城
我知道，此时
我真正面对它了

血、声音和命运

与你一起被掩埋

有的时候，掩埋了历史便不再是历史

有的时候，掩埋了历史才是历史

遥遥大漠平静如水

如那悄然走向终端的

黯然的落日

6

时间记录着关于你的经历

经历，在许多往复的年代中

萌出芽来

幸亏有你，幸亏有那道沉厚的河

不然，还指望炫耀什么

而那些生灵呢

如同那枚青砖化为尘埃

它也曾站在高处啊

也曾感受

亦远亦近的

岁月的寒意

聚合一个个生命的同时

也分割了无数瞬间

这个冬天真长啊

而冬天里会有什么

冬天不适合生长生命

却未必不适合生长灵魂

那陷进泥土中的历史究竟有多重

生命，浮移在地面

灵魂，深埋进地层

岁月如斯

站在你的中间或边缘

人们常常遥想

抚平焦渴人群的

淡远的云霓

7

默默地注视你

便能够深入地

理解你了

让我们在你身边散步时

如同在任何一条路上散步

让我们在你面前唱歌时

能随意哼出任何一种音调

让我们不那么多地想你赞你颂你

你仅仅是我们的弟弟或兄长

你不拥有那么多的名字

8

让我们重新理解你

我们不必把你理解为深刻

也不必把你理解为肤浅

平静下来，坦然起来
其实什么能属于你呢
成为一种象征、一种精神
一种寄托或是一种写照的时候
同时便成为
一种永恒

9

让我们重新理解你
理解你
便是理解了
与你对视并与你对话的
人群

祖国·远古神话

我在灵魂中一次次举行祭典
浑身浸透野性的庄严
我携带着颂歌的现代语汇
一次次拜谒众神与上古英雄的祭坛

中国的奥林匹斯山
中国的宙斯朱比特
面对伏羲女娲，我跪下，把香火点燃
并向我们的智慧女神正义女神、爱情和诗神
献上常春藤花环

多么繁盛哟，我们的自然神谱系
她们依然佑护着我们，活跃在民间
我喜欢她们普遍的美丽、愉快
轻浮和善良
她们一直是我心灵的客人
带来野性的灵感

她们暗示：我们来自哪里
怎样解释民族及文化的起源
在我们的集体无意识中

耸立着哪些偶像、图腾、野性的先贤

巨大的文化意义充盈弥漫
让我们浮想联翩
与希腊罗马神话故事呼应媲美
供我们追溯杜撰

祖国·经典

先知们掘出，永不枯竭的池塘
之后融化在竹简上
池塘中的星空匿隐着
不可估计的暗能量

一脉休眠的活火山
内蕴炽热岩浆
一些最悭吝的词语
集成东方哲学的魔方

心灵的火种，思维的基石
东方智慧的产床
后来者文化耕作的熟土
精神漫游的橹桨

东方哲学的魔方，东方智慧的产床
夕阳一再转化为朝阳
起飞的机坪，导航的北斗
现代哲学的启示，哲学未来的曙光

祖国·新年

今年的石家庄，
仅仅飘了几朵雪花，
新年的前夕，
天总是容易阴着。
这个时候，
许多孩子来到了这个世上。
每年的这个时候，
那些小生灵们就洒脱地来了。

也容易想到那些走了的熟悉的面孔，
他们有的走得从容，有的走得匆忙。
我宁愿相信他们给我们开了个玩笑，
让值得惦记的更加惦记。
人多难啊，就那么短，
况且还有好多的日子我们没有珍惜……
今年似乎更是这样，
很小的孩子便知道了悲伤甚至是悲怆。
多少天阴着，多少天雨着，
我们依偎着躲避寒冷。

傍晚，在回家的路上，

就觉得暖，
或者想着一个人，
也会觉得暖。
在雪里，也会在暖里，
一起走着，一起过冬日。

其实寻找什么？哪里都有爱，
什么时候都有爱。
那么多的人，
让你好好爱，慢慢想，
好多年，好多年，
一年温情，一世温情。

这与新年没有关系，
我们遥遥相伴着度过新年。
闲暇的夜晚沉溺太深，
这夜晚静静地美丽着充盈着，
天地间有一片花朵嫣红无比，
她们没有止息地一层层铺开……

好的情感会激发着散发着，
那雪让人清甜了许多。
把浅浅的生活留给爱，
好多年好多年。
红尘浮若羽，
一年再一年。

写了一些文字，
发给北方，觉得就踏实了，

那里可能有好多雪了，

这里没有，

所以体味不到更多的寒意，

也没有雪带来的那份安然和洁净。

你会说：冬天的雪，

到明年春天，

一点儿、一点儿，就化了。

肯定有一片有许多片雪花儿，

没有落到你的怀里就化了。

每年都有这样的感伤，今年也是。

但今天早晨有新鲜的颜色，

有新鲜的气味，

有的时候，一天其实比一生遥远，

而许多温暖，

是在安静、柔软的不经意中得到的。

新年前夕，收到了那么多祝福的话语，

每一条都温热柔软。

那些祝福充满着诗意，

但有一条最简单的真正打动了我：

"天黑了，回家吧。"

我知道幸福其实是个不谙世事的孩子，

他就这么突兀地站在了我的面前。

于是就想，哪怕再孤寂，

也要把自己留给一个好人，

等着吧。

这一年，越来越崇尚纯粹纯美的东西，
但这个世界却越来越繁复和复杂，
外在的，好像所有的存在都有了更多的娱乐性，
但那些真实呢？
我窗外的叶子落下来的时候，
天空变得虚无。

新年。和平路上正矗起一座高架桥，
显现着一个城市堆砌的快感。
在它的边缘走过，便更显得渺小。
人们现在还走在浮土和泥泞上，
但也许在另一个新年，这里就光彩夺目呢。
许多朋友说，你不但是一个理想主义者，
还几乎成了乐观主义者。
我说，别偏执、不狭隘，
也不把所有的，都看做是尘埃。

精神荒诞，物欲疯狂，
终究是只能享用不能记忆的东西。
只有大自然是可信的，
因为它有自己的规律。
所以，这一年，
我把历史与当下、自然与工业、
政治与诗、回忆与乌托邦交织在了一起，
其实挺好的，假设本来就什么也没有，
起码还可以退回生活，
——那种最平凡最世俗的生活，
那不好吗？

新年。许多东西失去了，
而我们还在继续。
这一年，只想要那些具体的东西，
也和往年一样想起一些词汇，
比如我打开手机时的祝福语：
平静、满足、激情、快乐，
还有忍耐、充盈、依恋等等。
我给朋友们发信息时，
大多最后总要说：快乐！
生活和语言本来就是肤浅的，
不愿意心中有那么多的深奥了，
那些道理遍地都有，俯拾皆是。

想着自己惦记的那些人和那些情境，
有的是真实的，有的是虚幻的。
在一种音乐里谈话容易爱起来，
有的时候情境感染人，
让人忘记现实，
于是，这一年里那些有节制的性情，
无节制的文字，
都像刚刚飘下来的雪寂然无声。

大地上的鸟语花香，
尘世间的风花雪月，
百年之约，
幸福宣言……
静下来，
那么那么远的声音，
都能听到。

我还要接受那么多——
柔润的非柔润的，
艺术的非艺术的，
温暖的非温暖的，
春天的非春天的，
明朗的非明朗的……
又是一年，成为我们的新年。

阳光缠绕着我们相亲相爱。
新年。我们醒了。

祖国·历史故事

祖国，我深感幸运，并且自豪
你给我的历史记忆如此丰饶
石斧、玉帛、陵墓、典籍……
灰飞烟灭的民间
五千年的君子多情、淑女窈窕

不论先人理性的、非理性的、抑或无理性的行为
不论先人文明的、野蛮的，抑或荒唐的创造
不论他们辉煌奢侈、得意喧闹
不论他们毁灭消亡、末路寂寥……
他们的沧桑演进与变迁　他们的戏剧
让一个文化圈霞光万道，让一个文化系统奔腾咆哮
任凭我们文化地玄思
任凭我们文化地打捞与开凿

祖国　我在固有文化中模塑　我在固有文化之上翱翔
我在金字塔和帕提侬神庙前把头扬得高高
羡慕我吧　五千年的过去光锥支撑着
我诗歌中的文化自信与骄傲……

祖国·现代精神

为写这首诗，我放下常春藤花环
我要直露地礼赞
不怕落入观念阐释的诗歌禁地
把现代中国精神，棱镜色散

越来越浓的绿色　浸透意识与思维
所有现实创意都经过绿的检验，并与绿相联
这是现代中国精神的基色
光谱中：像银杏苗圃，蓬勃夏天

既是羊水未干的分娩
亦是数千年　东方哲学的冶炼
在现代中国精神的概念体系中
烁闪在最新形而上的高端

我曾怀着近似迷狂的激情
讴歌祖国　你辉煌的加冕
直至　跨进数字世界的凯旋门
科学，成为现代中国精神的王冠

任凭异域的风吹拂脑海的帆

任凭他乡的种子　飘落心田的园
开放的现代中国精神
充实拓展着现代中国精神的内涵与外延

祖国哟　我礼赞你宽广的视野
你宽广的视野包容了世界的多元
善于文化内涵的现代中国精神
自信从容地收放：地球村烟岚

犹如新激活的活力因子，急于表达
犹如新春雷对新田野的呼唤
创新冲动是现代中国精神的精髓
创新冲动是现代中国精神的逻辑机缘

现代中国精神　是七彩的　复合的
现代中国精神　是光的方向上的，无边无限
依然　我们正用我们的现实辉煌在诠释
照耀着现代中国精神的狂欢

祖国哟　我从不奢求诗歌的荣誉
我原本有愧于诗神的眷顾恩典
但我一直忠于初始的叮咛
成为这片土地淡然而朴素的诗篇

祖国·黄昏

是一个让人感觉走向衰老的时刻
甚至连这个时刻也稍纵即逝
我们遥望天空
寻找或送别什么
寻找或送别我们许多的梦想

那些老人，也在树丛中面对夕阳
这个时刻，是晚霞、星辰和倒影
是持重是一种恬淡的感伤
是带有哲理的睿智而深刻的语言

而我们也在体验活生生的深度
体验如归家园的心境
在梦境中，所有人都是孩子
他们稚纯、天真、从从容容
那静谧使我们想起许多声音
想起许多植物和生命默默的叙述

让我们注视黄昏
注视那可以收割的天空和星辰
注视那近乎极致的美妙的寂冷

注视那接近辉煌的
黯淡

太阳落山了
这个时刻被我们称之为
黄昏

祖国·乡土恋

因为我爱人文花苑，所以更爱地理本原
因为我爱工业发展，所以更爱乡土自然
祖国，我的歌。其实更钟情你的天地造化
野生事物，恒久不过瞬间……

多么叫人迷恋：田野泥土青草的气息
多么叫人眷恋：鸡啼虫鸣，村庄的恬淡与舒缓
这个工业时代与后工业时代躁嚣的过渡地带
多么叫人惆怅：农耕游牧的黄金印象渐行渐远……

一句俗话，一句民谚，唉，多少智慧在里边
一首民歌，一声谣曲，一唱动心弦，遍遍动心弦
且莫说口碑文化中的神话传说
单是土戏台子的唱本就温暖了多少夜晚与空闲

那工业化城市化人文科技的愿望令人迷醉
那非工业化非城市化自然原生态的乡土令人流连
上苍啊诗神啊，我不能做非此即彼的选择
即使我更倾向一个恬静平和纯朴天籁充满的家园

我想象的文化未来天人合一

我想象的未来村庄，就是一个个文化生态博物馆

祖国，在坐落乡土的现代科技城堡内外

田园牧歌将以新形式重返：更绿、更鲜……

祖国·祖国之绿

祖国　我不在意朋友奚落：
　"先锋诗人都在私密叙事，他却纵情高歌
像南海发现可燃冰这样的事情
居然也激动得辗转反侧……"

祖国　我是你绿色思维的一部分
我的竖琴因你的环境状态忧与乐
我不怕偏执　不怕偏废
我的肺叶连着大气　血管连着河

祖国　我特别赞美你的绿色意识磅礴
赞美你针对气候变暖追求碳中和
响应未来学的紧迫的浪漫
我赞美　决心把碳足迹　染成绿色

祖国　多么好哇　绿色地球村的绿色家园
大片大片的太阳能电池
大片大片的风车田
多么好哇　让清洁能源推动绿色生活

祖国　你将绿遍绿透　并且青翠欲滴

绿色现代绿色经济绿色工业绿色博弈

绿到环境荷尔蒙消失

绿到黄鱼重现渤海　喜马拉雅冰川不再退缩

祖国　我不在意朋友批评：

"一个吃青草的乐观主义者"

祖国　你的绿色梦幻定将变成绿色现实

翌日正朝向你神秘智慧做出的抉择

祖国·保安族一户人家的现实生活场景

一排砖砌的平房老屋
宽敞的庭院，被踏得不起尘土
毛驴在厩棚，一如既往的沉思状
花池里栽种着青菜萝卜

年过六旬的老太太
一脸天赐的健康和幸福
她走出屋子，打量一下世界
立刻感受到晌午阳光的烈度

她支使小孙女放下书本
快烧开水，趁着日头毒
一个女孩拧开屋前自来水龙头把壶放上太阳灶
显然心里想着别的，但动作娴熟

喂，那女孩向往着怎样的远方远景
那老太太怀揣着怎样的民风民俗
这是否就是承载与嬗变、告别与迎接
可别再让这一场景消失于虚无

我发现这桩平凡叙事蕴有深义
于是让时空刹那凝固
毛驴、老屋、自来水、太阳灶、孙女、祖母……
这一组随机意象如何解读

我请来的民族学者诠释为文化变迁
我请来的社会学者诠释为时代进步
我请来的政治学者诠释为现代化进程
而我暗中认定：这是观念性作品、前卫艺术

祖国·短歌

祖国，我惊奇，我一再发现你
颂歌，在我脑系奔涌不息
这首短诗，我要礼赞
我注视前方的目光，放飞远方的想象力

祖国，你是当代少有的瞭望者
你在分歧中探寻全球视野下的秩序
你对世界及其未来
有着高贵和神圣的思虑

祖国，在你固有的激情里
理性思考的锋芒打磨得越来越犀利
你是当代少有的思想者
你指向世界治理的思维取向，鲜明清晰

祖国，你的哲学意味包容所有
你的认识趋向人类共同的目的
你是当代少有的：能把自己的文明与智慧
带进普世性价值的谱系和体系

祖国，我惊奇，我一再发现你

颂歌在我脑系，奔涌不息

你是当代少有的思想实验室、孵化室

你提供来源，同时构思着全球发展的萌芽晨曦

祖国·蝴蝶

有一年早春，寒潮刚过，日丽风和
光秃秃的旷地上，新绿星星点点，不见花朵
一只湛蓝的小蝴蝶，早早羽化，早早飞来
它那不可思议的勇敢和急切，叫我惊愕

接着是仲夏，大群大群的蝴蝶都来分享
菜园子的盛宴，荒草地的娱乐
唉，多么动人，放出耀眼的光彩
在雷电的盲区，忘情地热爱着生活

成为野性思维的小徽章
成为天启的隐喻和换喻，情愫的寄托
可我从未料到，那一只，那一群
会闯入这礼赞祖国严肃的诗歌

重返早春才发现，遍地速生的音符
重返仲夏才发现，满天绚烂的光波
拆掉范畴的篱笆
才发现，蝴蝶的歌咏，万物都在唱和

我们高唱我们低吟，不论超声次声

不约而同，音质宏阔
我们的诗篇，蝴蝶的鳞翅
我们礼赞的交响乐，永奏不辍……

祖国·独龙族的一群孩子

我们默默注视着
一群独龙族小学生在校舍，无拘无束的时刻
让我们凭直觉猜一猜
这些小公民将来干什么

这女孩将是医生或教师，她端庄文静平和
这男孩一脸戏剧，进电影学院表演系的好坯子
这女孩一看就是持家能手
这男孩好奇心强，将来搞新闻，在电台报社

这女孩秀丽有主见，应该是从政的料子
这女孩昂着头志气高远，无疑是未来的牛津或哈佛
这男孩必是经商好手，眼神俏皮又诡谲
这男孩很乡土，说不定成为独龙民族文化守望者

而这个男孩稚气未脱，脸上读不出任何未来的预设
那就让我们祝福他快乐和幸福
其实，祖国早为这一代做出安排
他们将拥有最辽阔的可能、最自由的选择

祖国·仡佬族一位作家

一位仡佬族作家，徜徉芙蓉江
盛夏烈日低低的，悬在头顶上
他被这波澜壮阔的大时代感染
心中充溢着莫名的豪情与惆怅

沉浸于母亲河的淙淙絮语
用高于生活的目光，凝视家乡
历史含蕴、诗化哲学、民间牧歌
他把宏大叙事的责任，自觉担当

他要把他的纪念碑矗立在人类精神的旷地
大情怀大视野把他带进了迷茫
可他一直徘徊在芙蓉江边
他知道，他最初的灵感来自何方

紧盯着社会变迁的来龙去脉
紧盯着生活故事的起伏跌宕
他决心履行一个仡佬族作家的使命：
为民族作传，为祖国思想

最聪颖的那些凤凰中

他是一直往高飞的那只凤凰

最聪颖和一直往高飞的那些凤凰中

他是口衔书本的那只凤凰

祖国·清明记

这个季节，就容易想起一些人，
曾经，与我们相识的，
一起纯真一起沧桑的那些人，
那些已经成为往事的人，
那些比我们早一些成为烟尘的人，
他们的世界离我们远了，
他们被我们称为故人。

他们走在前面，留给我们背影，
他们匆忙而行，带给我们记忆。
深刻的浅薄的，
善意的恶意的，
冰冷的温热的，
相爱的相斥的，
怎样的人，都会成为故人。

那么多的人，都成了故人成为古人，
想起他们的时候，像昨天，
不是啊，是像今天，就像现在，
跟你对话跟你对视，
跟你兴奋跟你忧郁，

或者看着你，听你说话，一言不发，
或者望着你，目光柔静，表情超然。

很难说谁先逝去，
很难说谁给谁送上一束鲜花，
很难说谁的手指轻触你的墓碑，
那手指，让你感觉出温度和暖。
也很难说啊，谁想起你时，
会孤单地流下眼泪，
他把一辈子的情分，
都抚在你深深浅浅的碑文上。

故人，相交的人相知的人，
早去的人远行的人，
许多时候，就总想说一些话，
而那些话，竟然只能空对故人。

能够想起的故人，都是亲人，
不，不一定都是亲人，
尘世里冷暖轮回沧桑历尽，
想起过去的时候，什么往事都不再尖利，
甚至曾经觉得不屑的那些模糊的面容，
竟然也有了清晰的善意和爱意。

故人有春秋有冷暖，有情愫有心绪，
故人带走了气息也带走了温度，
故人带走了声音也带走了才情。
故人曾是才人贤人淑女英杰，
曾风情万种曾才华四溢，

曾有惊世爱恨曾有不凡善恶，
曾照耀阳光，也曾灿若星辰。

寒清明，春意冷，
远离恨，空留情。
我对故人对今人说：
一爱千年，
一恨千年，
一怨千年，
一瞬啊，竟然也是千年！

祖国·我们为你思想

祖国　迎春开放
我们为你思想
脑海里捕捉，心田上耕耘
我们在形而上世界开办工厂作坊

祖国　金合欢飘香　我们为你思想
为你思想春天，翌日远方　发展变迁　荣光与辉煌
我们在自由思维的广阔天地
拓展你精神的边疆

祖国　迎春开放金合欢飘香　我们为你思想
充实智库，预设方案　纠正错失　建构向往　铺筑桥梁
让我们的新思想
不断丰厚　我们本已丰厚的思想

祖国　百花飘香　我们为你思想
要你成为思想大国思想富国，地球村的思想之乡
我们为你思想：虚构一张犁，就会实现一片田野
我们为你思想：虚构一把钥匙，就会实现一扇门一个方向

祖国·友好的蓝天

因为爱家园
怎会对阴影视而不见
我的瞳孔堆积着所有毒素和垃圾
在颂歌背面，我时刻挣扎于悲观论的泥潭

对于水我比窒息的鱼虾还敏感
对于空气我比枯萎的树叶还敏感
对于土壤我比干瘪的谷穗还敏感
对于大自然的反应，我比极端天气还敏感

因为爱家园
我深深憎恶挥霍榨取短视麻木贪婪
我无言地面对荒芜枯竭破坏污染……
在颂歌背面，我的心常常痛苦得痉挛

确实欠下了债务
确实在肆无忌惮地冒犯
不排除环境崩溃的可能性，也许只要断裂一环
如果荒漠步步逼进，河流继续污秽不堪

因为爱家园

我掩饰两面神的狰狞，努力打磨悖论发光的一面
但我对理智的信心并非坚不可摧
在颂歌背面，我有时焦虑得彻夜无眠

祖国·夏天的日子

这个夏天，让我们注视已经来临的日子，
那些日子愈来愈有更多的诗意，
这时，绿意筛洗着洒落的阳光，
如同美好布满我们的周身。

夏天的日子，
枝杈间总是透出同样的温情，
在我们的心灵里，眼前是那么多变幻着色彩，
穿过这个瞬间，我们便能找到许多条路，
在那些路上，又有一些不相识的人成为相识，
而人们叙述夏天的日子时，
总要面对澄澈的
适于抒情的天空相互说：你好！

我们还总觉得自己拥有责任，
——和平和生命是我们的责任。
即使我们的命运各不相同，
但我们可以和落在草地的阵雨一起，
找到共同的快乐。

夏天的日子。我们还经常听到歌唱，

那些歌唱充盈着晨风和阳光，
一些音符总像快乐昆虫的鸣叫，
那种愉悦，是这个日子里最迷人的光彩。

真的，夏天的日子，谁都有自己的灵性，
包括湖泊、树、鸟巢和草坪，
有时一只飞鸟与云一同飞过，
那种和谐，总让你浮出一些
幸福而平和的诗意。

夏天的日子总爱写诗，
写那些富有质感的语言。
许多深刻的东西，
在这些日子里变得浅显易懂，
这时许多干瘪的事物，
都充满了活力。

夏天的日子。我眼前像是一条绿色的河流，
喜欢它的充沛，喜欢它的生动。
喜欢它的温和与平静
那里有许多让你享受的美好的冲动。

夏天的日子。风也很和谐，
一缕缕阳光，总是有那么多各不相同的感受，
该生动的，一夜间全成为生动，
这时，我们会不由自主地使用一些更好的词汇，
夏天的日子，有时吸引的，是我们的视线，
有时吸引的，是我们的倾听。

祖国·喀什的乌孜别克族商家

风沙没有覆盖住

横贯欧亚的丝绸之路

文化痕迹湮灭时总会留下复苏的理由

等待复苏……

恰如古代商贾的后人

沉寂貌似偏离了祖先的脚步

但当经济全球化的魔笛吹奏

一个个即刻翩然起舞

其实　不泯的激情永驻

从未中止过　对幸福与财富的追逐

一如往昔　跋涉旅途

为困苦所苦　为恩惠欢呼

都似遥远事物的回音

穿越此处　就是别处

血脉相连的人民共享的生活机遇

安顿下来　就是乡土

叠印上赤热的脚印

延续文化交流的叙述

在网络时代的喀什新疆和世界

再写一部丝路传奇　使明媚重铸

祖国·夜太行

入夜，这千年名山就隐去了，
大隐，隐于山林，
那时，有点点灯火不是为了照耀，
而是让人觉得，天无论多暗，
依旧会有光亮。

太行入夜。那嶙峋那浩瀚出奇的超然。
它无语，无欲，不急，不缓，
你甚至感受不到它的一丝动态。
也许它峥嵘也许它黯然，
阔叶一落，万千气象皆已覆盖。

你无论如何不知道它的重量，
你只能感受它的内涵，
有一段难了的心事，
看到它，就放下了，
那样的容量，什么欲念和悲喜都是微尘。

夜太行。看不到它的姿容，
但暗夜里它的轮廓一直向北向南，
有风声，寂静的风声，

也有树和草的声音，

在天亮之前，那阔叶树像曾经在世的人的灵魂和影子。

夜太行，我觉得你依然是海，

潮涨潮落，从容进退，

温润内敛，南岸北河，

那些经历也茂密也充满着皱褶，

但你总归是百里平原无与伦比的隆起。

许多时候我觉得孤单，

觉得自己的声音微不足道，

世事繁华，掩不去红尘的堕落，

融在这夜里，突然觉得，

微弱，是一种幸运。

喧闹的，往往是浮浅的，

在夜太行，我不再作声。

夜太行，多少寒凉冷暖，

依旧在表里之间，

在人神之间，

在爱恨之间，

在天地之间。

祖国·塔塔尔族教师

祖国　我要赞美
塔塔尔族教师和祖国所有被称为"老师"的人
这是崇高的职业
兼具先知与天使的神圣性
因此　我集合我的唱诗班的孩子
奏起管风琴

祖国　我要赞美
那些在早春在处女地播种知识播种梦想的人
心脑的园丁和矿工
那些为一个创新型国家夯基础砌基座的人
那些冶铸精英雕塑新星的人们

我的诗神安于被非艺术化的理念绑架挟持
我不在意这会歪曲了诗人的天职
我痴迷于"人造太阳"的光芒
因此　我为他们写颂歌
并敲起编钟

祖国·我要赞美

高尚的公民

所有　有多学科知识　有想象力创造力

洋溢着人文精神和道德意识的公民

所有努力生活得美好并努力使生活美好的公民

所有辛勤工作积极思想的公民

所有开拓者

所有东方精神家园的守望者

所有黎明和新绿……

因此我要赞美

那些塑造高尚公民的人们

那些培养新生代的人们

我要震撼我的交响乐队

并动员天籁和各民族的语言

祖国　我要赞美

教导我们独立思考并诗意生存的人们

为完善生命个体而工作的人们

那些为崭新世界培养崭新主体的人们

雕刻旭日的

咿咿呀呀的启蒙者

设置航标的

以及叩问宇宙之门的巨人

所有重塑大脑与人格的大师

我要借此机会赞美

调动我的交响乐队

和我这另类的

荷载青春矢量的诗歌文本

祖国　我要赞美

智力中国的中国智力

活跃的思想　自由的精神

在凡人神圣的时代　打造凡人头上光环的人们

知识和理性的发动机

现代国家和现代文明的原动力

我们加速度的绿达因、金牛顿

祖国·拉祜族兄弟姐妹
的生活进行曲

朋友兄弟　我想借你的一点灵气

我是如此笨拙　无法完成这首诗的孕育

来吧　陪我到澜沧江边走走

或坐在野草簇拥的岩石上

我们交谈　但不用言语

不用轻风在拉祜语和汉语间作释译

我们都知道

是最简单的事物　最寻常的动机

给生活指示方向

凡踏出的　或铺筑的路

肯定通往

想象中的果园

真谛无需解释

芦笙已表达

为实际惠好而欣喜

为长远打算而思虑

这是真相和本性

藏起来的尺度

留住生活的是来历

牵引生活的是奔头

我们都想着即将到来的事情

哼唱着自己喜欢的歌曲

犹如沧源佤族自治县的兄弟姐妹

犹如南涧彝族自治县的兄弟姐妹

犹如木里藏族自治县的兄弟姐妹

犹如华北平原的我

我们都在仔细考量　天时地利

我们敏锐且睿智

吉兆　不言而喻

我们　一起

各民族兄弟姐妹一起

希冀着充满和洋溢

现在艳阳高照

草木碧绿得遒劲有力

幸福　更进一步的幸福　仿佛伸手可及

我们匆匆写着赞美诗　唱着赞美诗

因为　这是祖国的季节

像倾盆大雨后的澜沧江

与我们休戚相关的时代进行曲

朋友　我懂了：要实在、具体散发身体的气息

祖国·祖国的晴空

这一年的早春，阳光灿烂
我们从真实的天空走来
广场上，奔跑着我们稚气的童年

这一年，我们真纯了许多
我们和风游戏着
厚重的生命格外绿
像草、像树、像河流

不再谈博大或是渺小
我们仅想到和谐与平实的生活
想到与我们一起长大的那些感受
想到让我们感叹的
梦的田垄

我们记下了许多好语言
我们抛掉了繁复，自然地表达单纯的事物
不再把语言织成网
不再用浅薄延伸童谣
我们不懂哲学，像孩子一样不懂
我们在早晨展开自己的视线

有一些灯为我们而亮
使我们的夜晚不再寂寞
那时的感觉多么诗意
像我们思维干涸时
听到的水声

田野里有种子
有一些晴天和一些雨天
有一些平和与一些激情
有一些鸟的叫声
有一些节日
有一些回忆和一些诞生
总有其中的某些天是重重的
那一天我们互相对视
把时间沉默成
晴空下爽直的歌声

活力和生动的日子
语言像叶子散落
箴言朴素无声
我们追求花朵中自身的生气
追求绿草中真诚的汁液
即使是黯淡，也是瞬间的黯淡
也是我们凝视辉煌时的
一种感动

大自然是我们的孩子
植物和人都在一种语言里相融

亮丽的晴空下，地气旺盛
得到谷穗的时候也得到阳光
我们爱，因此欢乐和收获
收获关于一枚烛火的
象征生命的遥远的梦

早春的晴空：
不知道想象有多么遥远
春天冰消，冬天冰冻
不知道是什么匆匆穿过冰面
不知道是谁最早开始播种
不知道谁已经找到归宿
谁还走在途中
我唤醒伙伴
我们一起去接近彼岸
一起去接近数不清的、远的和近的
诚朴而自由的心灵

祖国的晴空，阳光灿烂
天亮时，该开始我们
怎样的抒情

祖国·高山族的日月潭神话故事

多么优美　神话缭绕的日月潭
大尖哥和水社姐　一对渔民青年
除掉恶龙　放出被吞食的太阳月亮
用他们的金斧金剪　金的正义的威严

在神圣的位置　以神圣的姿态　守卫永久的光明
谁人的雕像能荣耀过这潭边的高山
在高山族同胞的神话思维里
源远流长的持久的人性旨意　明确而灿然

还有许多类似的神话与传说
解释日月为什么安然地凌空高悬
须知　那些拯救和保卫太阳月亮的英雄
从来就是中国民间的人格典范

代表一个民族的精神之光
和文化基因中一脉相传的雷电
追求美好生活　痛恨黑暗
普遍善良　无私　大无畏的勇敢

两座人形大山　一汪日月潭

一个神话故事　编织出一个文化人类学的经典
表明在中华民族的心理结构中
黑暗不足畏惧　阳光永不黯淡

祖国·那么多的民族和人民

所有，蒙古、拉祜……
所有，五十六个民族
不论居住在平原、海岛、绿洲、峡谷
我们的心跳，我们的脚步
都是同一乐曲的音符

不论摘下的，是葡萄、龙眼、榴莲
不论吟咏在青藏高原、太行山、武夷山、日月潭
在篝火边舞蹈，在炉火边饮宴
我们都活动在同一幅画卷

不论宏大叙事、时代风云、历史喧哗
抑或恩爱情仇悲欢离合、个人履痕、百姓人家
我们都在用血肉演绎
自己的神话

多声部，多旋律，多乐章
在同一片热土，自由发挥，共鸣交响
我们的交响诗套曲只有一个标题：
神圣的尊严、富强、光荣和梦想

我们一起进入史册与诗歌

我们一起迎接旭日东升，一起走向新日喷薄

我们的木鼓冬不拉、我们的芦笙管弦一起赞颂着

我们共同的祖国，我们的祖国

祖国·解放

如果把思想想象为矿石
那就冶炼它，轧成钢轨，铺在荒原，让火车轰鸣着
再向远方

如果把思想想象为发动机
那就装配在轮船上，起锚远航
去寻觅新的港湾、航线和海洋

如果把思想想象为水
那就让它奔流，或者蒸发到天上，化为云
随风飘荡

如果把思想想象为禽鸟
那就打开笼子放飞
如果把思想想象为闪电
那就给它一个夏天
如果把思想想象为光
那就给它每秒三十万公里的速度

如果把思想想象为量子世界
那就叫它裂变和聚变

在反物理或超物理的常温下
想象我们每个人都有一个奇点
蕴涵着无限能量的奇点

如果我们引爆这个奇点
那就意味着一个壮丽的开端
发生星云，发生恒星，发生暗物质，发生幽灵能量，
发生奇异天体，发生膨胀着的时间与空间
那么在思想的居所
我们每个人就意味着拥有
一个思想的宇宙

如果疑似思想的苹果摆脱了引力飞翔起来
如果疑似思想的云雀钻进蠕虫洞
到另一个宇宙去歌吟，衔回另一个宇宙的果实
如果无垠的脑海里水蒸发为云，翠绿了沙漠
如果每一个神经元，都变成一座核电站

如果一首新鸟的短诗，丰润了灵魂，美化了人性
如果一串无中生有的钥匙，发现千千万万座宝库……

啊　思想解放的祖国……

啊　思想富饶的祖国！

祖国·天平和短剑

夜里梦到天平和短剑
所以清晨　卖牛奶人的哨声格外温暖
即使向左侧卧　也未感觉心搏
头脑澄澈得蒸馏水一般

昨夜约谈的孟德斯鸠已回他的法兰西
也不在腹拟求购灵感的信函
我跳下床的第一件事
就是戴上共和国公民每人一顶的王冠

首先是小路　槐树落花纷纷
对面西楼　引人入胜的小母亲的风韵　比昨天更绚烂
城市骤然发动起来
市政府的守门人　迎来上班的公务员

时代精神　进步趋势
献媚于君主的马基雅维里式的智慧让位于现代法典
有法律的忠诚卫士：面对国家机器和社会丛林
我感到广场鸽一样的自由和安全

我们已经是法制国度

法律的光焰　就烁动在我们身边

不然　哲学的庄严光芒

怎会划过我的诗篇

我要赞美　这头戴王冠的平民的生活

赞美如火如荼的法制建设的进展

我特别激动于这样的时刻

一觉醒来　突然发现　王冠上又有一颗新明珠镶嵌

祖国·三原色

祖国的东方地平线是红的
祖国同胞的动脉血是红的
祖国少女们的嘴唇和裙子是红的
祖国的文化基因红灿灿，犹如青春荷尔蒙

祖国大地是绿的
祖国思维的霹雳是绿的
祖国的元话语是绿的，形而上的隐喻是绿的
祖国的文化基因绿茵茵，犹如胚，那穿透时空的活力

祖国的海洋天穹是蓝的
祖国保卫者的剑是蓝的，建设者的意志是蓝的
祖国的广袤视野是蓝的，终极想象是蓝的
祖国的文化基因蓝莹莹，犹如宇宙深邃的秘密

祖国四季三原色，因此姹紫嫣红
祖国精神三原色，因此彩色缤纷
祖国现实三原色，因此它的轮迹红橙黄绿蓝青紫
祖国文化三原色，因此它绚丽斑斓，幻化无穷，犹如日光

祖国·你当代的辉煌，我来歌唱

似乎我们最壮丽的工业世纪，工业美学最荒芜
卫星不如蝴蝶，核电站也难进麦子摇曳的诗行
也许这是短暂寂静：他们正成群结队走来
那么祖国，在杰出诗人缺席的空当，我来歌唱

似乎我们最绚丽的科技世纪，科技美学最荒芜
柳叶刀阉割了爱情，自然魅力沦丧
科技的精彩，科技的开创，被科技的暴行侵蚀
那么祖国，在先锋诗人失语的地方，我来歌唱

似乎我们最遒劲的理性世纪，理性美学最荒芜
缪斯不习惯思辨的迷宫，铿锵理性的殿堂
自古这样：诗歌是生命的泛滥，而不是生命的堤防
那么祖国，在桂冠诗人看轻的范畴，我来歌唱

那被田园诗人合理诟病的工业恣肆，我来歌唱
那被后现代质疑颠覆的现代价值，我来歌唱
那被抒情夜莺轻蔑的物世界，我来歌唱
那被感觉主义拒绝的哲理之光，我来歌唱

我爱麦田，也爱城市文明的景致

我爱玫瑰，也爱翱翔天宇的光电图像

我敬畏自然，也迷醉精美器具、人文世界

我眷恋乡土，也把现代科技神话向往

啊祖国，你那青藏铁路、对撞机、计算机芯片，我来歌唱

啊祖国，你的基因组图谱、方程式，我来歌唱

啊祖国，你每天新日般冉冉升起的科学理念，我来歌唱

啊祖国，你航天时代信息时代数字时代的辉煌，我来歌唱

祖国·女孩子们

她们一茬茬盛开
她们若不是天使转世，那就是天使委派
荷载着人性中不容亵渎的神圣预设
无一例外

每一个都是新起点
所有神谕和天启都写在她们的两腮
她们是第一推动力
她们来体现上苍的怜悯和关爱

她们不知道：她们头顶光环笼罩
她们不知道：她们是液体的日光，她们能幻化无穷的色彩
她们不知道：她们的眸子里理性苍白
她们不知道：她们的喉咙里窝着天籁

她们一茬茬，一代代
影响周边的岩石和骨骼绿得绿出汁来
作为所有可能性的源泉
使存在，诗意地存在

祖国·好的季节

夏天，是一个好季节
可以不谈艺术，不谈诗
不读书，不谈音乐
不谈爱情
不谈悲伤和永恒
站在雨里，凉凉的
轻轻说一句想说的话
或者，不想说话

如果你也这样
那我们就
又爱了一次

祖国·在以芳艳礼赞太阳的花中，
我只算山野石竹

我学浅才疏，更缺少相应的天赋
我的诗集，只能算作诗歌练习簿
他们才堪当此名：那些才华横溢的诗人朋友
我只是枉然渴慕

我既无力表达生命的汪洋恣肆
又匮乏洞见，把深奥的哲理参悟
在以芳艳礼赞太阳的花中，我只算山野石竹
在以嘹亮礼赞春天的歌喉中，我只算草丛的蟾蜍

大潮涌来，季风吹来
禁不住引吭高歌，翩然起舞
微小者的参与，才验证一桩事业宏伟的程度
我甘为卵石，铺在通往纪念碑的小路
这已是多么特殊的恩宠哟
走进一个时代的唱诗班，平庸也满足

祖国·人民

草木似的人民

泥土似的人民

必须用汉语辞海和全部词汇的无限组合述说的人民

拥有自己原生的哲学思维和热衷于诗歌写作的人民

耐受贫穷与苦难也勇于拼搏的人民

不甘愚昧不断自我挣扎并觉悟得总有雄鸡报晓的人民

善于从历史灰烬中寻找安慰的人民

善于在子夜挖掘朝阳的人民

生命资源智力资源奇妙丰饶的人民

激情洋溢的人民

崇拜神圣、崇拜知识的人民

随意调和抱负与梦想的人民

贪恋俗世、向往天国的人民

把玩经典的人民

总能在尽头开辟生存之路的人民

总能在边际开拓新天地的人民

优秀的人民

高智商高情商的人民

具有持久创造力的人民
具有比国土还辽阔的想象力的人民

崇尚水并像水一样富有弹性和穿透性的人民
万紫千红的人民
善良、坦然、和平的人民
视野里袅娜着地球村炊烟和电波的人民

喜欢绘制蓝图的人民
想着远方的人民
走在途中的人民
紧紧把握着自己命运缰绳的人民

令他者费解的人民
被时代不断发现的人民
可以被新话语反复述说的人民
说不尽、并且必须结构新词组才能重新述说的人民

祖国·只要听到你的名字

不论什么时间，不论什么地点
不论超现实地神游银河，抑或现实地匍匐地面
祖国，只要听到你的名字
我都倍感亲切温暖，如同提起襁褓摇篮

我既未脚踏沙文主义皮靴头戴沙文主义军帽
也未披挂民粹主义的坎肩旗袍
但是，祖国，只要听到你的名字
我总会油然生出几分骄傲自豪

我已不再走极端，我已能把世事看淡
我珍贵的事物正在一件件递减
但是祖国，只要听到你的名字
我就立刻感到神圣庄严

也许现代诗歌更善于表达存在的荒谬紧张阴郁无望
"挖掘黑暗不够有力，像只有青草就欢跳的羚羊"
但是祖国，只要听到你的名字
我的诗句立刻雨后春笋，把生命唱得激越嘹亮

祖国·和平颂

两个最温馨的词结合在一起：祖国和平

两个与我的生命等值的词并列在一起：祖国和平

两个我一听就怦怦心跳悄然落泪的词：祖国和平

一个仿佛摇篮躺在其中，一个仿佛棉绒盖在身上：祖国和平

一个最美好的词组，互为词缀和词根：祖国和平

我在俗世视为神圣的两个词：祖国和平

我甘愿一生为其工作思想的两个词：祖国和平

我视为精神家园并痴情守望的两个词：祖国和平

两个涵蕴着不竭灵感的词：祖国和平

把我平庸的灵魂提升到崇高境界的两个词：祖国和平

各国诗人都会像我一样珍重的两个词：祖国和平

我以最高频率和音强放声歌唱的两个词：祖国和平

让我想到养鸡场母鸡下蛋咯嗒叫唤的两个词：祖国和平

让我想到公园长椅上小母亲托着多汁的乳房哺乳婴儿的两个词：祖国和平

让我想到寂静的晌午千顷麦子瞬间黄熟的两个词：祖国和平

让我想到挖掘机开进社区安装煤气管道的两个词：祖国和平

幸运的伴我们进展人生的两个词：祖国和平

越来越远的远方、越来越近的远方都在这两个词中：祖国和平

无尽的热爱、沉溺、怀念和梦想都在这两个词中：祖国和平

祖国·大海蓝

我站在海边
面向海洋
蓝色思维在脑髓，蓝透了
现代文化中国的想象

一个经典的海洋国家
曾经的郑和船队，浩浩荡荡
满舱的丝绸瓷器与一头长颈鹿的故事
再现了我们失忆的蓝色荣光

漫长的海岸线
一串钻石般的海港
暴发的突堤与栈桥、船只与吊车、集装箱与吞吐量
拓展开我们蓝色的宽广

啊，天地造化的蓝色给予
民族精神光谱中的蓝色波长
蓝色意识中的蓝色珠母贝蓝色珍珠
蓝色视野中的蓝色自由蓝色奔放

我站在海边　面向海洋

心中掠过全球海岸的风光
从鹿特丹到无名小渔村的小码头
所有大洋的波浪意义和蕴藏

我喜欢这现代版本的海洋传奇
人类共同的蓝色前言、蓝色的远方
在当代世界的蓝色交响诗中
我欢欣，最活跃的激情演奏，属于我们蓝色的中国乐章

祖国·保卫者

这是一座无形的丰碑
非视觉非物质的巍伟
在我们村庄城市星罗棋布的大地上
神圣的周围，鸽群翘飞

这是一座无形的丰碑
它由责任、使命、意志、气概、剑与盾砌垒
还有姑娘们嬉闹时的咯咯笑声
还有稻谷成熟时散发的气味……

这是一座无形的丰碑
一种超越名字超越荣誉的高贵
那上面镌刻着厚重
以及纯粹

这是一座无形的丰碑
没有任何尘世的力量能将它摧毁
它是刚性的，它会突然由无形变有形
当情势涉及，我们民族的生存与安危

母亲们的怡静，由于他们的青春

田野作物的丰收，由于他们的生命
我们鸽群翩飞的家园
由于他们的无畏

这是一座无形的丰碑
非视觉非物质的巍伟和高贵
祖国的尊严与和平，就是他们的丰碑
祖国的富强与未来，就是他们的丰碑

这是一座无形的丰碑
非视觉非物质的巍伟和高贵
在我们村庄城市星罗棋布的大地上
呈现着我们共同的祈祷和声音：自由万岁

祖国·祖国之春

祖国　这是语言的春天

青碧的辞藻词组冒出来　顷刻灌木乔木一片片

它们匆匆地开花结果　交代来意

新的萌芽又带来新语境　形成新烂漫

祖国　这是思想的春天

在意识的处女地　太阳紧擦着犁铧　把胚芽呼唤

饱和能量的树突然缀满青果

栅栏层层打开，解冻的脑海天水一线　缕缕驶来红帆船

祖国　这是观念的春天

我们农艺师那样培育　我们农夫那样筛选

只要它们衔着保墒的雷声、丰收的预期

我们就把它们放牧田原

祖国　这是心灵的春天

辞旧迎新　持续的明媚和蔚蓝

辽阔无垠　千千万万　鲜明个性　鸟飞鱼跃

一座座千姿百态、姹紫嫣红的花坛

祖国　这是精神的春天

生发、丰满、羽化、嬗变　最具现代色泽的拓展
它以最快的速度解构和建构
它以最高的效率释放和包涵

祖国　这是语言的春天
这是心灵与精神的春天
祖国　这是思维思想的春天

祖国·偶感·拾穗

即使是个草根平民
即使是个平庸诗人
眺望周边的时刻
心中同样燃烧　恢宏的热忱

草草写就的诗歌
却感应着一种的精神
一个卑微的个体躯壳
却深切关怀　地球和人类的命运

在故园修根的桑梓
也是公海上的流云
为了刺探上苍的心机
也是逸散太空的纤尘

面对生机勃勃却暗含寂灭的世界
一直惊喜于存在的缘分
面对趋向光明却不可能完美的世界
执意讴歌理性的诺言和自信

如果我是海龟，我永远记着出生的那片沙滩

如果我是大杜鹃，我永远记着初试歌喉的那一春

超乎想象的宇宙的浩邈

原本起源于大爆炸的那一瞬

祖国·日出

它静静地莅临
恰巧黎明时分
它温润愉快的光芒
像我们母亲年轻时，鲜艳的乳晕

主持仪式的
是被物理遮蔽的上天诸神
它们的制度设计我们无法知晓
但每天新日照例要宣告：世界万古长存

无偿地给予
把礼物送给每个人
只要打开门窗，甚至无需打开门窗
漫天遍地盈满：可以兑换任何东西的黄金

这片大地没有辜负上苍的恩泽
这片大地领会初阳的精神
这片大地萌生着美好事物
这片大地洋溢着生命的欢欣

又是明示，又是隐喻

又是放纵，又是应允

高于一切和重于一切的

就是这日出。我们阳光下追求意义的生存

祖国·祝福
——写给所有的、所有的……

祝福我窗外的那些树
它们又要绿了

祝福孩子和老人
—— 一定要首先祝福他们
祝福文字、声音、语言
这些是我生存和幸福的理由
祝福和妈妈同样性别的人
祝福我面前的颜色：红色、蓝色、黄色、紫色……

祝福每天照耀我的
祝福每天遮蔽我的
祝福我读过的每一本书，用过的每一支笔
祝福爱我的和不爱我的
祝福已经经历的和不曾经历的

祝福空气也祝福呼吸
祝福我能够想到的和不能想到的
祝福那么多的纯正和洁净
也祝福那么多的浮土和尘埃

祝福我看到的每一个名字和影子

祝福以后及以前
祝福寂寞和牵挂
祝福深夜所有窗口的光亮
祝福我惦记的、我忘记的
祝福我的温润和温热
也祝福那些邪恶的、让人鄙视和厌恶的
——不期待他们变得善良但期待他们得到宽恕

祝福灿烂和黯淡
祝福流逝、停滞和感伤
祝福泪水
祝福想象和真实：它们滋润着我
祝福曾经单纯的快乐
——养育青草，绿到天涯

祝福天阴和天晴
祝福我走路的双脚和鞋子
祝福花、公园、博物馆和凌晨
祝福持续、润泽与恒久
祝福甜蜜、幸福、苦涩和许多种感受
祝福年龄
——它让我自信、平和
适度的沉潜
并且懂得了深刻、原谅和感激

祝福：轻轻地用一只手
合住自己的另一只手……

祖国·我神圣的祖国

面对祖国
我是明亮的碧绿的
犹如面对春天面对太阳面对母亲的时刻
总是最温馨的诗句涌出
像刚出烤炉的面饼，刚撺起的草垛

那是一条河流
一堆篝火
纯个体的天空与深渊、伤痛与渴望、光与影
思辨存在时的清朗与惶惑
——我的祖国

面对祖国
只有热爱，只有激情，只有庄严的颂歌
面对祖国：泄洪的闸门立刻打开
嘹亮横扫廓落
责无旁贷的当代诗人的使命感
给我才华，把我驱策

我爱祖国，神圣地，当然地
我爱祖国，久远的维系，遗存，叮嘱，追索……

在本能和情感中

在信念、义务和良知中

把一脉相传的虔诚绽放现实的花朵

不论我们心智多么宽广

我们被什么感召，做何瞭望，祈祷什么

有更大的概念

有更多的范畴

有更多的途径，接受生活

美好的地方有许多，更美好的地方有许多

但只有这儿让我们脱口说出：这是祖国……

祖国，我神圣的祖国

我爱祖国，深深地，赤灼地

给我最多欢乐，眷恋痛楚的，爱和温暖的

给我最多保障，给我锚与帆，给我最多诗章的祖国

在我的精神世界里

在我的精神花园里

这样的时刻，是经常永久的时刻

只要面对春天，面对太阳，面对母亲，面对祖国

我的赞美，就将无尽地磅礴……